신도무쌍 神刀無雙

사도연 新무협 판타지 소설
FANTASTIC ORIENTAL HEROES

신도무쌍 6

사도연 新무협 판타지 소설

초판 1쇄 찍은 날 § 2009년 7월 24일
초판 1쇄 펴낸 날 § 2009년 7월 31일

지은이 § 사도연
펴낸이 § 서경석

편집장 § 문혜영
편집책임 § 문정흠
편집 § 정서진

펴낸곳 § 도서출판 청어람
등록번호 § 제1081-1-89호
등록일자 § 1999. 5. 31
어람번호 § 제2-1788호

주소 § 경기도 부천시 원미구 심곡2동 163-2 서경B/D 3F (우) 420-822
전화 § 032-656-4452 팩스 § 032-656-4453
http://www.chungeoram.com
E-mail § eoram99@chollian.net

ⓒ 사도연, 2009

ISBN 978-89-251-1881-9 04810
ISBN 978-89-251-1715-7 (세트)

신도무쌍

사도연 新무협 판타지 소설
FANTASTIC ORIENTAL HEROES

6 소가장 - [완결]

도서출판
청어람

目次

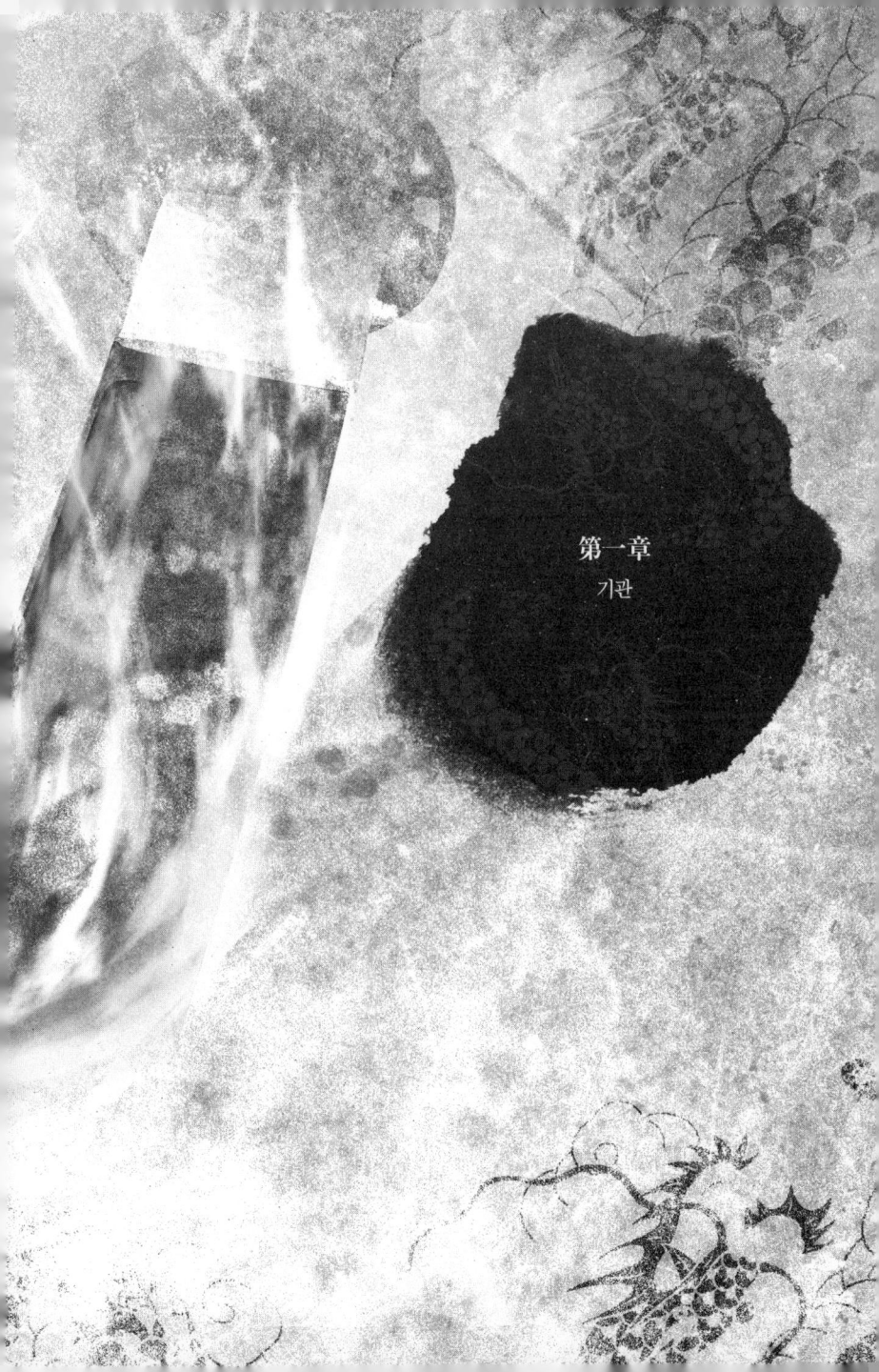

第一章

기관

神刀無雙
신도무쌍

사내, 진성이 입을 열었다.

"그동안 잘 지냈던가, 친구?"

소비연은 입가에 미소를 달았다.

"누구 덕택에 아주 잘 지냈지!"

"차갑고 무뚝뚝하기만 하던 사람이었는데… 못 보던 사이에 많이 변했어. 농담도 할 줄 알고."

"변하지 않으면 살 수가 없었거든!"

스르르릉!

소비연은 한쪽 허리춤에서 분천도를 뽑아 들었다.

차가운 금속음이 뼈를 저리게 만들었다.

당장에라도 천지를 뒤집을 듯한 투기(鬪氣). 소비연의 옆에 있던 팽무천과 단재청은 화들짝 놀라 소비연을 바라보았다.

"왜 그러시오, 형님? 갑자기 투기를 다 뿜고……."

"저곳에 누가 있느냐?"

소비연은 아무런 대꾸도 없이 위쪽을 노려보고 있었다.

단재청과 팽무천도 따라서 위쪽을 보았다.

쾅하게 뚫린 굴, 그곳에 도도한 자세로 서 있는 남자가 있었다. 그와 눈이 마주친 그 순간, 단재청과 팽무천은 몸이 굳어지는 착각에 빠졌다.

'허허! 이 녀석과 비슷한 기세를 내뿜는 청년이라니! 대체 정체가……!'

팽무천은 소비연을 만난 이후로 줄곧 등장하는 절대고수들 때문에 정신을 차릴 수가 없었다.

대체 이 세상에는 얼마나 많은 강자들이 존재하는 것인가?

한때 입신경에 들어선 이후로 세상을 오시해 보겠다는 생각을 가진 적이 있었다. 삼정의 제일이라는 망아 성승도 자신을 당해내지 못할 거라는 생각이었다.

하지만 지금은 그것이 얼마나 부질없는 생각이었는지를 뼈저리게 느끼게 되었다.

성란육제?

그것은 결국 입 열기를 좋아하는 호사가들이 붙여준 허명(虛名)일 뿐이었다.

'강해져야 한다. 더더욱……..'

단재청 역시 충격에 빠진 얼굴이었다.

그는 강호제일인이 소비연이라 믿어 의심치 않았다. 비록 소비연이 자신과 같은 경지에 오른 사람이 대여섯은 더 있을 거라고 했지만 그건 겸손이라고 생각했다.

그도 그럴 것이, 자신에게 있어 신화경이란 까마득하기만 한 경지였다. 대종사의 반열인 것이다. 제아무리 기인이사들이 넘쳐 나는 강호라 하지만 어찌 신화경의 고수들이 그토록 많을 수 있을까.

하지만 지금 그는 절실하게 깨달았다.

소비연은 절대 거짓을 말하지 않았다는 것을.

저곳에… 소비연과 대등한 경지를 이룬 남자가 있지 않은가. 어쩌면 더욱 높은 경지를 디뎠을지도 모르는 사람이…….

"혹시 저 사람이 형님이 말씀하셨던 천지회인가 하는 곳의 회주요?"

단재청의 물음에도 소비연은 답하지 않았다.

그의 시선은 오로지 진성에게만 향해 있을 뿐.

대신 답을 해준 이가 있었으니, 바로 진성이었다.

진성은 단재청을 향해 엷은 미소를 지어 보였다.

"본 회의 회주는 따로 있지. 나 같은 것은 상대도 되지 않아."

아니다. 지금 이 사람은 거짓을 말하고 있다.

자신은 상대도 되지 않는다고 하지만 지금 보이는 이 기세, 투기다. 소비연에게 향한 것이 아닌, 회주에게 향한 투기인 것이다. 그는 스스로 회주와 싸울 정도는 된다고 생각하고 있을 터였다.

하지만 분명 그의 말이 모두 거짓은 아닐 터.

이 정도의 강자를 거느릴 정도라면, 강호를 전복시킬 계획을 꾸미고 있다면, 적어도 이자보다는 강자일 테니까.

그것만으로도 단재청의 눈동자가 흔들리기엔 충분했다.

지금 그의 눈에 이 싸움은 고래 싸움으로 비쳤다. 자신은 그 사이에 치여 등이 터질 새우, 아니, 이곳 무총에 있는 모든 이들이 그러했다.

자신이 끼어든다고 해서 이 싸움을 막을 수 있을까?

그냥 아무런 값어치도 없는 개죽음만 당하는 게 아닐까?

단재청의 머리가 혼돈으로 치닫는 가운데, 소비연이 나지막한 목소리로 입을 열었다.

"후회된다면 떠나도 좋다."

"형님……?"

"너에게 준 무공은 거두지 않겠다. 지금까지 온 것만으로도 너는 충분히 할 일을 다한 것이다. 뒤의 일은 나에게 맡겨라."

"형님……."

단재청이 소비연을 부르는 찰나,

팟!

소비연이 강하게 땅을 박찼다.

칠보환천과 함께 그의 신형이 공간을 접으며 바로 진성 앞에 당도했다.

진성은 어느새 한쪽 손에 자신의 애검, 무영(舞詠)을 들고 있었다.

"삼 년 전의 일을 이어서 해볼까?"

"그렇다면 네가 죽는 것으로 끝나겠군."

까앙!

분천도와 무영검이 부딪치면서 강렬한 기파를 토해냈다.

그 위력이 얼마나 크던지 동굴 전체가 쩌렁쩌렁하게 울리면서, 상대적으로 경지가 낮은 무인들은 귀를 막거나 피를 토하며 쓰러질 정도였다.

하지만 더욱 놀라운 일은 그 뒤에 벌어졌다.

따다다다당!

분천도와 무영검이 눈으로 따라잡기 힘들 정도로 빠른 속도로 움직이며 수없이 부딪치기 시작한 것이다.

우르르르!

일신무총을 지탱하고 있던 동굴 전체가 흔들리기 시작했다.

"이, 이게 무슨 일이지!"

"동굴이 흔들린다! 무너질 것 같아. 설마 이것도 기관이 작

동하는 소리인 건가?'

아직 삼관을 통과하지 못한 사람들이 우왕좌왕하는 바로 그때, 한 사람이 소리의 진원지 쪽을 가리키며 소리쳤다.

"아니다! 저기 사람이 있다!"

그 순간, 사람들이 본 것은 경천동지(驚天動地), 천번지복(天翻地覆)할 싸움이었다.

콰콰콰콰쾅!

우르르—

무인들은 정체를 알 수 없는 절대고수들의 싸움에 혹여나 휘말릴까 하나둘씩 오관으로 건너가기 시작했다.

갑작스런 인파의 들이닥침에 오관은 사관과는 비교도 할 수 없을 정도의 정교하고 많은 양의 암기를 토해냈지만, 사람들은 개의치 않았다.

암기는 막아내면 그만이지만 절대고수들의 싸움에 휘말리면 아예 개죽음이 아닌가!

팽무천은 다급한 목소리로 단재청에게 말했다.

"우리도 어서 이곳을 벗어나세!"

"하, 하지만 아직 형님이……!"

"이곳의 일은 녀석에게 맡기세. 우리가 이곳에 미적거릴수록 방해만 될 뿐이야."

팽무천은 냉정하게 사태를 파악해 자신들은 저들의 싸움에 별다른 영향을 주지 못할 것이라고 판단했다. 결국 단재청도 고개를 끄덕이고 말았다.

　"그리 말씀하신다면……."

　"어서 가세나."

　"형님! 형님은 저더러 떠나도 좋다고 하셨지만 저는 계속
이곳에 남을 겁니다!"

　단재청은 그 말을 남기고 팽무천과 함께 오관으로 건너갔
다.

　멀리서 그 말을 듣고 있던 소비연은 피식 웃음을 터뜨렸다.

　그리고는 목을 노리고 달려오는 무영검을 보며 사자후를
터뜨렸다.

　"진성!"

　"왜 부르나?"

　"오늘 이곳을 너의 무덤으로 만들어주겠다!"

　화르르륵!

　분천도가 광염을 토하기 시작했다.

　"할 수 있다면."

　쉬시식!

　무영검에서 발출된 강기가 광염 위로 떨어졌다.

　쿠쿠쿠쿵!

　감패 수검거학은 한곳을 보며 웃었다.

　"호오, 대단하군!"

망아 성승은 염불을 외웠다.

"아미타불… 저 두 분 시주에게서 살성(殺星)의 기운이 느껴집니다."

감패는 '이건 또 무슨 개소리냐' 라는 표정으로 망아 성승을 바라보았다.

"살성?"

"그렇습니다. 아미타불."

"꽤 많이 죽였나 보지?"

"그렇지요……."

망아 성승은 두 사람에게서 무엇인가를 본 듯했다.

한 사람에게서는 수많은 망자(亡者)들이, 다른 사람에게서는 사귀(邪鬼)가 수없이 뒤따랐다.

"어쩌면 두 시주가 세상에 나가게 되면… 어떻게 될지 모르겠습니다."

순간 감패의 눈에 기광이 스쳐 지나갔다.

"그 정도인가?"

망아 성승은 무겁게 고개를 끄덕였다.

"특히나 저 백염을 토해내는 분께서는 일전에 뵈었던 천 시주님을 닮은 듯합니다. 망자들이 토해내는 망념(妄念)… 도저히 저로서는 견뎌낼 수 없습니다."

"호오!"

망아 성승, 이 땡중도 건패를 말한다.

감패가 처음 저 도객(刀客)을 봤을 때에도 어딘가 건패와 닮았다는 생각을 했다. 그런데 망아 성승도 그렇다고 말하지 않나. 그것은 곧 그가 받았던 느낌이 착각이 아니란 뜻이었다.

"혹시 건패가 장난을 치는 것일까?"

"그것은 아닐 것입니다. 천 시주께서는 건천(乾天)의 힘을 자랑하시지 않으셨습니까?"

"그렇지. 흠… 하지만 그렇다고 해서 사화 녀석의 이화라고 하기엔 무언가 확연히 다른데. 대체 저 녀석의 정체가……."

감패는 골똘히 상념에 잠겼다가 문득 무언가를 떠올렸다.

흰색 불꽃, 백염…….

"설마……?"

"무엇인가를 아셨습니까?"

"아니다."

그 순간, 망아 성승은 보고야 말았다.

쉴 새 없이 떨리고 있는 감패의 눈동자를.

하늘 높은 줄 모르고, 과거의 절연오천마저 아래로 내려다보던 그가 어찌하여 겁을 먹고 있는 것일까?

망아 성승의 눈빛을 읽었는지 못 읽었는지, 감패는 살짝 떨리는 손으로 중얼거릴 따름이었다.

"필시 그 가문은 이십 년 전에 지워졌다. 분명히……."

콰릉! 콰르릉!

진성과 소비연의 신형이 교차할 때마다 천지가 뒤흔들리는 소리가 공동을 가득 메웠다.

수많은 빛이 터지고 불꽃이 회오리치며 동굴을 수없이 갈겨댔지만, 이상하게도 무총은 위아래로 크게 흔들리기만 할뿐, 어디가 금이 가거나 하여 무너질 기미는 보이지 않았다.

진성은 처음 자신이 나타났던 동굴 위로 다시 뛰어올라 가볍게 착지했다.

그는 소비연을 내려다보면서 말했다.

"많이 강해졌어, 비연. 과거의 사도수라고는 생각도 할 수 없겠어."

"닥쳐라!"

소비연은 처음에 보여주었던 자신만만한 모습이 온데간데없이 사라지고 없었다.

전력을 다한 자신의 공격이 자꾸만 녀석에게 막힌다는 느낌을 지울 수가 없기 때문이었다.

"이 정도의 격장지계에 당해서야 되겠나. 아직 우리의 싸움은 모두 끝나지 않았는데 말이지."

소비연은 아무런 대꾸 없이 땅을 강하게 박찼다.

팟!

진성은 무영검을 강하게 휘둘렀다. 신마맥의 절기, 신마검공(神魔劍功)이었다.

신마검공의 특징은 빠른 속검을 통한 상대의 격살에 있다. 검을 휘두르는 초식 하나하나에 실린 검력은 결코 쉬이 볼 것이 되지 못했다.

아니나 다를까.

까앙!

분천도와 무영검이 부딪치면서 만들어낸 기파는 동굴 벽을 강하게 두들겼다.

콰지직!

결국 충격파를 견디지 못한 한쪽 벽에 금이 쩌거걱― 그어지더니 이내 아래쪽으로 와르르 무너지고 말았다.

매캐한 연기가 자욱하게 일었지만 두 개의 신형은 다시 교차했다.

파바밧!

수십 개의 불붙은 조각달이 사위를 갈랐다.

퍼버벙!

진성은 역시나 신마검공으로 조각달을 가볍게 처리했다. 그때마다 충격파가 무영검을 뒤흔들고 후끈한 열풍이 전신을 뒤덮었다.

하지만 진성은 상처 하나 입지 않은 처음 그대로의 모습으로 소비연에게 쇄도했다.

콰아아아!

다시 한 번 폭음이 울리고, 강기가 날아들었다.

소비연은 공중에서 팽이처럼 몸을 돌렸다. 분천도가 광염을 토해내면서 세 개의 열권풍을 만들어냈다.

콰르르릉!

열권풍은 열풍과 함께 수많은 칼바람을 만들어냈다.

칼바람은 동굴 곳곳에 깊은 상처를 만들어내며 휘몰아치더니 진성이 있는 곳을 향해 점차 옥죄어왔다.

진성은 사방에서 옥죄어오는 열권풍을 보면서 피할 길이 없음을 깨달았다.

"피할 수 없다면 막아야겠지!"

자신만만한 외침과 함께 세 개의 열권풍이 진성이 딛고 있던 자리를 수없이 갈기갈기 찢어댔다.

쿠앙! 콰아앙!

소비연은 그것으로도 모자라 적룡화문을 펼쳤다. 분천도에서 분리된 적룡은 열권풍 위로 떨어졌다.

콰콰콰쾅!

쿠우우우!

후끈한 열풍은 그 뒤로도 삼관 내부를 수없이 때렸다.

이미 주변은 용암이 한 번 훑고 지나간 것처럼 들끓거나 녹아내려 함몰되기 일보 직전이었다.

결코 사람이 살아남을 수 없는 곳이 되어버린 것이다.

하지만,

고오오오!

짧은 기파와 함께 모래 안개가 푹 꺼졌다.

바로 진성이었다.

문제는 그의 상태가 전과 별다를 바가 없다는 데에 있었다.

그렇게 많은 강기와 광염을 퍼부었는데 생채기는커녕 옷 하나 찢어지지 않은 채 고고한 상태 그대로 서 있다. 숨결 하나 흐트러지지 않았다.

진성은 소비연을 보며 말했다.

"이것이 설마 전부라고는 말하지 않겠지? 지난 삼 년의 기다림이 이 정도라고는 믿고 싶지 않군그래."

소비연의 눈동자가 살짝 흔들렸지만, 그는 결코 내색하지 않았다.

"아직 다 보여준 것은 아니지."

"그래? 다행이군. 이 정도가 전부라고 했으면……."

팟!

진성의 신형이 사라졌다.

그는 어느새 소비연의 면전 앞에 당도해 있었다.

"…정말 실망할 뻔했거든."

무영검이 움직였다.

"자네에게 처음으로 보여주도록 하지, 본 회의 무공이라는 것을 말이야. 천지신검결(天池神劍訣)이라고 하는데, 한번 막아보겠나?"

쉐에에엑!

진성의 무영검은 공간을 찢었다.

표현이 그렇다는 것이 아니라 정말로 공간을 '찢어' 버렸다.

쿵!

"컥!"

소비연은 가까스로 분천도를 회수하여 검을 막아냈지만 몸을 따라 올라오는 막대한 검력을 모두 버텨낼 수는 없었다.

결국 울컥, 피를 토하고 말았다.

"제길!"

소비연은 울분을 터뜨렸다.

강호에 나와 얼마나 많은 사선을 넘나들었던가?

그때마다 목숨을 내놓다시피 하면서 얻어낸 지금의 경지였다. 한데도 너무나 손쉽게 막혀 버리고 이제는 녀석의 검력하나 당해내지 못하고 있다.

복수행의 마지막이 보이는가 싶었는데… 이걸로 끝인 건가? 이것이 한계였던 걸까?

"크아아아!"

소비연의 눈동자가 붉게 충혈되며 동시에 분천도가 공간에 녹아들었다.

좌아아악!

분천육도 벽천화였다.

공간을 갈라 버리는 강렬한 일격이 무영검을 뒤흔들어 놓았다.

"으음……."

진성은 검을 쥐고 난 후 처음으로 신음을 토했다. 전과는 확연히 달라진 위력이었다.

그리고 분천도는 수없이 공간을 가르며 벽천화를 토해냈다.

쾅! 쾅! 쾅!

왼쪽 어깨에 하나, 오른쪽 허리춤에 하나, 목에 하나.

세 개의 섬광을 막아낼 때마다 진성의 신형이 자꾸만 주르륵 뒤로 밀려났다.

"역시 많이 강해진 모양이군. 더 이상 장난으로 응수하지 못하겠어."

진성은 소비연의 도를 강하게 튕겨내며 뒤로 물러났다. 그의 입가에는 미소가 물려 있었다.

"오늘의 만남은 여기까지. 그럼 다음에 만나도록 하세나, 친구."

팟!

진성은 여유롭게 높이 뛰어올라 위쪽 동굴 속으로 몸을 날렸다.

"어딜!"

소비연은 그를 놓칠세라 뒤따랐다.

하지만 이미 진성은 동굴 속으로 사라진 지 오래였다.

소비연은 심안을 사방에 비추며 진성의 기감이 사라진 방향으로 신형을 날렸다.

"동굴의 길이 이곳만 있었던 게 아닌 모양이야."

감패는 두 사내가 사라진 방향을 보며 중얼거렸다.

"자네도 갈 텐가?"

망아 성승은 무겁게 고개를 끄덕였다.

두 사내의 뒤를 따라다니던 그 수많은 원혼들… 못 보았으면 모르되, 만났으니 반드시 세상에서 놓아주어야만 했다.

곧 감패와 망아 성승도 사관에서 사라졌다.

그들이 간 방향은 오관이 아닌 다른 샛길이었다.

*　　　　*　　　　*

팽무천과 단재청은 다른 사람들의 뒤를 따라 오관으로 넘어갔다.

그 순간 그들을 맞이한 것은 바로 암기였다.

츄츄츄츄웃!

강전과 철시가 사방에서 날아들었다.

그렇지 않아도 방금 전의 일로 인해 기분이 썩 좋지 않던 단재청은 부월을 들며 의기양양하게 앞으로 나섰다.

"이까짓 것들은 모두 제가 처리하겠습니다!"

거친 외침과 함께 그의 몸을 중심으로 막대한 투기가 흘러나왔다.

소비연이 그에게 가르쳐 준 진혼신공은 바로 일신에게 건너가기 전, 투광(鬪狂)이라는 자의 성명절기였다.

별호에서 알 수 있듯이 투광은 살아생전 싸움에 미쳤던 자였다. 강자라고 생각되면 누구를 막론하고 비무를 청했으며, 그 때문에 투광의 실력은 나날이 진보하여 급기야는 진혼신공을 만들어냈다.

단재청 역시 진혼신공을 통해 그런 투광의 성정을 이어받았는지 투기에 숨겨진 패력 하나는 대단했다.

그의 부월에서 일어난 강기가 사위를 찢어놓을 듯해 보일 정도였으니.

단재청 역시 강전과 철시들을 튕겨내기 위해 움직인 것이 분명했다.

그는 진혼신공으로 단련된 자신의 부월이 이까짓 허약한 자들이나 쓰는 암기들을 모조리 부숴 버릴 것이라 믿어 의심치 않았다.

하지만,

"위험해! 어서 피하게!"

팽무천이 다급한 음성으로 외쳤다.

그때까지도 단재청은 그 이유를 알 수 없었다.

"장조 어른, 무슨 소리십니… 이, 이건!"

까앙!

부월을 때린 암기의 위력… 강했다.

마치 초절정고수가 전력을 다해 검을 내려친 것처럼.

문제는 그런 위력을 자랑하는 화살들이 한두 개가 아니라는 점이었다!

단재청은 부월을 들고 춤사위를 그려내기 시작했다. 묵직한 둔병기가 빠른 속도로 공간을 수없이 쪼개며 파공음을 토해냈다.

까가가강!

단재청의 손길이 자꾸만 바빠졌다.

"제기랄! 이곳의 기관은 어떻게 만들어진 거야!"

초절정고수나 펼쳐 낼 수 있는 위력을 만들어내는 기관? 익히 들은 적도 없고, 본 적도 없다. 대체 일신의 정체가 무엇이건대 기관에 통달했다는 사람도 만들어낼 수 없는 이런 곳을 만들 수 있었던 걸까?

팍!

"윽!"

부월만으로는 화살을 튕겨내는 데 한계가 있었다.

다행히 몸을 비틀어 피할 수 있었지만 왼쪽 옆구리 쪽으로 핏물이 번졌다.

결국 기관의 작동 원리를 파악해 중심을 부수려던 계획을 갖고 있던 팽무천은 어쩔 수 없이 앞으로 나설 수밖에 없었다.

"잠시만 피해 있거라!"

단재청이 옆으로 자리를 비키자 그 위로 도강이 길쭉하게 솟아올랐다.

바로 군림맹아공이었다.

콰르르릉!

섬광은 길게 뻗어져 천장을 강하게 때렸다.

쩌거걱! 하는 소리와 함께 길게 금이 가더니, 쏟아지던 화살의 숫자가 반 이상 줄어들었다.

"이 정도라면 얼마든지 막아낼 수 있지!"

단재청은 혈을 짚어 지혈하고서 강전을 쏟아내는 방향으로 부월을 강하게 휘둘렀다.

강한 월압(鉞壓)을 내포한 칼바람은 공간을 갈랐다.

쿠쿵! 쿠쿠쿵!

여러 곳에서 동시다발적으로 폭발음이 울렸다. 칼바람이 기관을 부숴 버린 것이다.

단재청은 팽무천을 보며 씩 함박웃음을 지었다.

"장조 어르신, 저 잘하지 않았습니까?"

"그래, 대견하다."

팽무천은 단재청을 보며 피식 웃음을 터뜨렸다.

이 녀석, 겪으면 겪을수록 물건이다.

비록 한갓 산적 노릇을 하며 살고 있기는 하지만 성정 등을 비춰봐서는 그 정도 그릇으로 머물고 있을 놈이 아니다.

무엇보다 가슴이 뜨거운 녀석이 아닌가.

한때는 이뤄질 가능성이 전혀 보이지 않던 소비연과 손녀의 월하노인을 자처하는 것보다 손녀에게 관심이 대단한 이 녀석이 사윗감으로 어떨까 하는 생각도 진지하게 했다.

'그런 건 일단 밖에 나가고 나서 생각해야겠지. 끌끌.'

팽무천은 빙그레 미소를 짓다가 문득 의문 한 가지를 떠올렸다.

'한데, 우리들보다 먼저 오관으로 들어간 사람들이 많을 텐데 어째서 아무런 기척도 느껴지지 않는 거지? 벌써 모두 다 육관으로 넘어간 것인가?'

이상하게도 아무런 인기척도 느껴지지 않았다.

애초에 이곳에 아무도 들어오지 않은 것처럼.

어쩌면 모두가 한꺼번에 증발이라도 한 것처럼 말이다.

'증발?'

팽무천의 눈동자가 번뜩 뜨였다.

"재청아."

"왜 그러십니까, 장조 어른?"

"무언가 이상하지 않느냐?"

"무엇이요?"

단재청은 고개를 갸웃거렸다.

팽무천은 정말 녀석이 초절정의 경지를 밟은 녀석이 맞나 싶어 짧게 한숨을 내쉬었다. 이렇게 감각이 무뎌서야 원.

"아무도 없지 않으냐."

"아……!"

단재청은 그제야 깨달은 듯했다.

"하면 그들이 정말 대체 어디로……?"

"이곳은 일신무총. 어떤 기관이 작동할지 아무도 짐작하지 못하지 않나."

바로 그때,

그그그극!

다시 기관이 돌아가는 소리가 들렸다.

"어디서 들리는 거지?"

단재청은 소리의 진원지를 찾기 위해 우왕좌왕했다.

소리는 사방에서 들리고 있었다. 거기다 동굴 전체가 위아래로 흔들리는 것이 무언가 커다란 장치가 작동된 모양이었다.

발달된 감각으로 기관의 중심을 찾으려 했지만 어디서도 그런 것은 느껴지지 않았다.

팽무천은 가만히 눈을 감았다.

비록 기관의 중심은 찾지 못하더라도 대충 어떤 기관이 튀어나올지 짐작하기 위함이었다.

우르르르.

동굴이 살짝 떨리면서 천장에서부터 모래와 자갈이 비처럼 우두둑 떨어졌다.

　단재청은 부월의 손잡이를 꽉 쥐었다.

　팽무천이 명을 내리면 언제라도 몸을 날릴 수 있게끔 준비를 하는 것이다. 이윽고 팽무천의 입이 열렸다.

　"진원지는 아래!"

　"네?"

　"손녀사위야, 뛰어라!"

　단재청의 물음이 채 끝나기도 전에 팽무천은 전력을 다해 경공을 펼치고 있었다.

　팽무천도 엉겁결에 그 뒤를 따랐다.

　그리고,

　부우우웅! 콰콰콰콰!

　땅이 부르르 떨리며 모래 안개가 서서히 위로 일기 시작했다.

　그런데 더욱 놀라운 일이 벌어졌다. 땅의 울림이 멈추고 얼마 지나지 않아 어느 지점을 중심으로 갈라지기 시작한 것이다.

　땅이 수십 조각으로 갈라지며 그 아래로 끝이 보이지 않을 만큼 깊은 무저갱이 보였다.

　오로지 깜깜하기만 한 무저갱은 마치 단재청과 팽무천에게 이곳으로 오라고 손짓을 하는 것 같았다.

단재청은 그제야 팽무천이 뛰라고 한 이유를 알 것 같았다.

팽무천은 땅 아래에 설치된 기관의 움직임이 심상치 않다는 것을 먼저 깨달았던 것이다.

샤아아악!

단재청은 있는 공력, 없는 공력을 죄다 쥐어짜 유일하게 알고 있는 경공술인 만조공(輓鳥功)을 펼쳤다.

오관의 끝을 향해 달리던 도중, 저만치 앞서 달리고 있던 팽무천의 음성이 다시 들려왔다.

"발밑을 조심해라!"

단재청은 바로 아래를 내려다보았다.

딛고 있는 땅이 아래로 푹 꺼지면서 그 안에 박혀 있는 뾰족한 창이 바로 그의 앞에 나타났다.

만약 한 발자국이라도 앞으로 내밀었다면 꼬챙이가 되었을 거라는 생각에 단재청은 분노를 드러냈다.

"이까짓 것으로 이 녹림대왕의 앞을 막을 수 있을 성 싶으냐!"

콰직!

쩌렁쩌렁한 외침과 함께 부월을 휘둘러 창대를 가볍게 날려 버렸다.

그 뒤로 수많은 창이 위로 솟아오르며 빽빽한 밀림을 만들었다.

단재청은 그때마다 부월을 휘둘렀고, 시퍼런 도끼날이 매서운 파공음을 낼 때마다 수십 개의 창대가 하늘 위로 날아올랐다.

파죽지세(破竹之勢)의 기세로 앞으로 달리던 도중 저 아래로 무저갱이 보였다.

땅이 다시 갈라지기 시작한 것이다.

"조심해라!"

"걱정 마십시오, 장조 어른!"

단재청은 땅 끝에서 강하게 발을 굴렸다.

그의 묵직한 체형이 허공을 갈랐다.

어느덧 팽무천은 육관의 철문 바로 앞에 서서는 그를 기다리고 있었다. 육관의 철문 바로 앞에는 한 사람이 겨우 설 수 있을 법한 너비의 땅만이 있을 뿐이었다. 제대로 착지하지 않으면 그대로 무저갱 아래로 떨어질 터였다.

단재청은 팽무천의 옆에 당도하기 위해서 허공에서 최대한 옆으로 몸을 비틀었다.

그 순간,

퓨퓨퓨퓨풋!

갑자기 무저갱 아래쪽에서 철시 수백 발이 쏘아졌다.

이는 단재청도, 팽무천도 전혀 짐작하지 못한 일이었던 터라 어찌 손을 쓸 방법이 없었다.

호신강기로 막으려 해도 방금 전 손을 찌르르 울리게 하던 철시의 위력이 생각났다.

"재청아!"

"제길!"

팽무천의 다급한 음성이 사위를 가르는 가운데 단재청은 이를 바득 갈았다. 지금은 몸을 보호하는 게 우선이었다.

부월을 꺼내 강하게 휘두르자 철시가 가볍게 튕겨 나갔다.

까가가강!

철시의 위력이 제아무리 대단하다 해도 단재청의 목숨을 위협할 정도는 아니었다.

하지만 문제는 방금 전 동작으로 인해 몸에 작용하는 관성의 힘이 약해졌다는 데에 있었다.

단재청의 몸은 육관의 철문 앞에 당도하기 전에 아래로 푹 꺼졌다.

"재청아!!"

"장조 어른!"

팽무천은 아래로 떨어지는 단재청이 있는 곳을 향해 손바닥을 쭉 내밀었다.

'될지는 모르겠지만……!'

팽무천은 인(引)자결을 외웠다.

그러자 오관의 밀실을 메우고 있던 기운들이 엄청난 속도로 팽무천의 손바닥 쪽으로 불기 시작했다.

단재청의 몸 역시 인력의 방향을 따라 아래가 아닌 위쪽으로 올라오기 시작했다.

"어? 어어?"

단재청은 듣도 보도 못한 기사(奇事)에 화들짝 놀라고 말았다. 몸이 부양한다? 제아무리 절대위의 고수라 하여도 그건 불가능할 텐데?

하지만 몸이 위로 올라가는 것은 묘한 기분을 낳았다.

"야, 이 자식아! 빨리 올라오지 못하겠느냐!"

그때 팽무천의 다급한 목소리가 들려왔다.

"자, 장조 어른?"

"힘들어 죽겠다. 빨리 올라오란 말이다!"

그제야 단재청은 팽무천이 허공섭물의 수법으로 자신을 위로 빨아들이고 있다는 것을 깨달았다.

인상을 와락 구긴 채로 땀을 뻘뻘 흘리는 모습에서 지금 그가 얼마나 많은 공력과 심력을 쏟아붓고 있는지를 능히 짐작케 해주었다.

"죄송하오!"

단재청은 재빨리 공력을 용천혈 쪽에 밀집시켜 강한 폭발을 일으켜 어기충소의 수로 날아올랐다.

휘리리릭!

중간에 운룡번신의 수를 가미해 팽이처럼 회전해 올랐다가 가볍게 땅에 착지했다.

팽무천은 그제야 인자결을 거둘 수 있었다.

"헉, 헉, 헉."

그는 털썩 주저앉은 채로 거칠게 숨을 몰아쉬었다. 그러고
는 단재청에게 버럭 소리를 질렀다.

"이놈아! 거기서 그렇게 멍하게 있으면 나더러 어쩌라는
것이냐! 너 때문에 얼마 남지 않은 선천지기마저 소모할 뻔하
지 않았더냐!"

"죄, 죄송하오."

"후우, 그래도 살아남았으니 다행이다. 정말 조금만 더 아
래로 떨어졌으면 큰일 날 뻔했어. 그나저나 이제 이 늙은이는
도저히 움직일 힘이 없는데, 어쩌지?"

팽무천이 작게 탄식을 흘리는 가운데, 철문을 보고 있던 단
재청의 눈에 사백여 글자의 글귀가 보였다.

그중 위의 글자는 이렇게 쓰여 있었다.

치취환기공(馳驟還氣功).

취무결(就武訣).

"오, 방법이 생겼소, 장조 어른."

"무슨 방법?"

"일신의 무공이 있지 않소?"

"백팔무공이 좋긴 하다만, 나는 이제 다른 무공에 관심을
가질 시기가 지났다. 도리어 다른 무공은 방해만 될 뿐이야."

팽무천은 일신무공에 별 관심이 없는 듯이 손을 저었다.

하지만,

"그것이 아니오. 이곳에 적힌 무공을 보란 말이오. 아무래도 일신이 각 관문 마지막마다 무공을 하나씩 남긴 이유는 그만한 이유가 있는 모양이오."

"뭐?"

팽무천은 단재청의 말뜻을 이해할 수 없어 일신무공을 보았다.

그러고는 얼마 지나지 않아 호탕한 웃음을 터뜨렸다.

"크하하하하핫!"

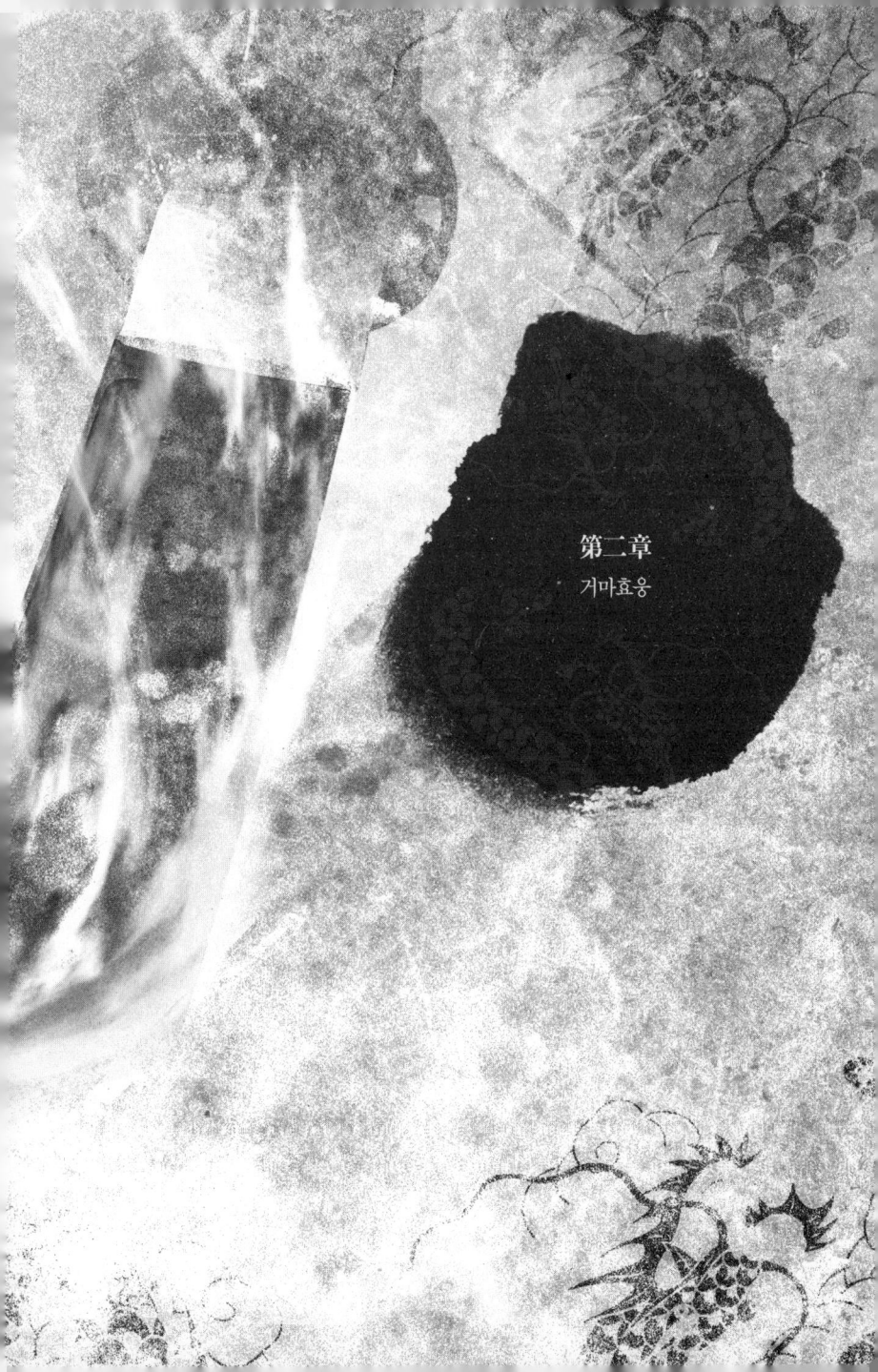

第二章

거마효웅

神刀無雙
신도무쌍

치 취(馳驟)란 빠르다는 뜻을 가진 단어다.

쉽게 말해서 치취환기란, 기를 돌이키는 데 빠르다는 뜻이다.

무공이라기보다는 일종의 좌도방문의 술수라고 보는 것이 옳았다.

운기행공을 할 때에 치취환기공의 구결을 같이 외게 되면 세 배나 빠른 속도로 단전에 기운을 쌓을 수가 있다. 만약 일반 토납공을 가지고 있더라도 치취환기공을 이용하게 되면 웬만한 절정무공이 부럽지 않게 된다는 뜻이다.

그 기능으로만 보아서는 수많은 무인들이 탐낼 만하지만,

사실상 치취환기공은 무인들에게 외면을 받았다.

치취환기공으로 쌓은 내공의 질이 좋지 않기 때문이다.

무도에 처음 입문한 사람들이야 내공의 양을 따질지 모르나, 경지가 깊어지면 깊어질수록 양보다는 질이 중요하다는 것을 알게 된다. 그 때문에 치취환기공은 좌도방문의 사술이라 여겨져 사파의 몰락과 함께 어둠 속으로 사라져 버렸다.

그런 치취환기공의 구결이 지금 이곳에 있었다.

팽무천은 한참이나 치취공의 구결을 보며 고민에 잠겼다.

저것을 습득할 것이냐, 아니면 이대로 육관으로 넘어갈 것이냐 하는 고민이 그의 머릿속을 어지럽히고 있었다.

그 모습을 지켜보고 있던 단재청이 슬그머니 끼어들었다.

"뭐가 마음에 들지 않으신 겁니까, 장조 어른?"

"계륵(鷄肋)이로구먼."

"계… 뭐요?"

"계륵 말이네, 이 사람아."

"……?"

뜻을 알 수 없는 말에 단재청이 고개를 갸웃거렸다.

팽무천은 길게 한숨을 내쉬었다.

"혹시 조조(曹操)나 유비(劉備)는 아는가?"

"그게 뭐요? 먹는 거요?"

"삼국지연의(三國志演義)는?"

"아, 그러니까 먹는 것이냐고 묻지 않소?"

"…후우, 자네 정말 우리 영아와 혼인할 마음이 있거든 기본 상식 정도는 익혀두게나. 영아는 무식한 것을 제일 경멸해한다네."

"……!"

단재청의 눈이 부릅떠졌다.

천사가 뭘 싫어한다고?

단재청은 곧바로 제자리에 엎드렸다.

"자, 장조 어른! 가르쳐 주십시오."

"뭘?"

"상식이란 것을."

"…그런 걸 익히기가 쉬우면 어디 세상에 똑똑하지 않은 사람이 있겠나? 여하튼 계륵이라는 말은 본디 후한서(後漢書)에서 어원을 찾을 수 있는데, 후한이 무너지고 정립된 삼국시대 때 위(魏)의 조조가 촉(蜀)과 한중(漢中)을 두고 고민한 데서 나온 말이라네."

조조는 한중 땅을 두고 촉의 유비와 일진일퇴를 거듭하다가 계륵이라는 말을 남겼다고 한다.

이에 장수 양수는 퇴진을 명했는데, 사람들이 그 이유를 묻자 다음과 같이 말했다고 한다.

─닭갈비에는 살은 없지만 버리기는 아깝다. 결국 이곳은 버리기엔 아까우나, 대단한 땅은 아니니 이대로 돌아간다(夫

鷄肋 食之則無所得, 棄之則如可惜 公歸計決矣].

"…이런 말을 남겼다지?"

단재청은 무언가 머릿속에 번뜩 떠오르는 게 있었다.

"하면 장조 어른에게 있어 치취환기공은 그 뭐냐, 계륵이란 뜻이오? 취하자니 좋지 않고, 버리자니 아까운."

"영 돌머리는 아니로구먼. 껄껄!"

"험험! 내가 이래 보여도 완전히 머리가 막힌 건 아니오. 주위 어른들이 죄다 일자무식이다 보니 나까지 이렇게 된 것이니."

"자네, 글은 좀 아는가?"

단재청은 인상을 와락 구겼다.

"그놈의 글자 때문에 고생한 것이 하루이틀이 아니니 넘어가면 안 되겠소?"

"껄껄껄! 알았네, 알았어."

팽무천은 다시 치취환기공의 구결이 있는 철문 쪽으로 시선을 옮겼다.

"치취환기공으로 운기행공을 한다면 내공을 채우는 속도는 빠를지 모르지만 그래도… 앞으로 깨달음을 구해야하는 나에게는 독이 될 수밖에 없는 일이지 않은가."

쉬이 말해서 치취환기공으로 쌓은 내공은 앞으로 그에게 있어 방해만이 될 것이란 말이다.

그러자 단재청은 고개를 갸웃거렸다.

"이상하오."

"무엇이 말이냐?"

"치취환기공 밑에 적힌 취무결을 보니 탁한 기운을 걸러내 주는 것 같소만?"

"……!"

팽무천은 그제야 취무결의 구결을 읽을 수 있었다.

치취환기공에 시선이 팔린 나머지 같이 있는 취무결은 알 아보지 못한 것이었다.

아니, 그보다 취무결이란 낯선 무공에 그런 효능이 있는지 를 알지 못했다.

"자네… 그걸 어찌 알았는가?"

"그야 두 무공의 구결을 이미 다 읽었으니 그런 것 아니 오."

팽무천은 둔탁한 무언가로 뒤통수를 내려찍는 기분에 빠 졌다.

"하면… 자네는 벌써 저 무공의 구결들을 읽고 중요한 부 분들을 모두 알아낸 것이란 말인가?"

"그야 구결을 읽으면 당연한 것 아니오?"

"……!"

이 녀석, 보면 볼수록 물건이다.

보는 것만으로도 그 내용이 모두 이해되고 요결까지 추려

낼 수 있다고?

무공을 익히는 무인에게 있어서 가장 중요한 것 중에 하나가 기나긴 구결에서 자신에게 필요한 요결을 찾아내는 안목(眼目)과 주어진 일부를 가지고 전체를 관(觀)할 수 있는 오성이다.

말이 쉽지, 결코 쉽게 얻을 수 있는 것이 아니다.

타고난 경우도 있지만 대개가 꾸준한 노력 끝에 얻는 능력이기 때문이다.

이 두 가지 중 하나만 가지고 있어도 절정이 된다 하며, 두 가지를 모두 얻었을 경우에는 절대위로 가는 능력을 지니게 된다고 한다.

한데, 이 녀석은 두 가지를 모두 가지고 있다.

타고난 골격에 이만한 안목까지…….

'소혼 녀석에게 가려져서 그렇지, 이것도 참 실한 물건이 아닌가?

소비연이라는 천재(天才)를 줄곧 보아와서 그런지 기재(奇才)가 옆에 있었음에도 알아채지 못했다.

그것도 아주 뛰어난 기재인데 말이다.

'이잉, 이럴 때 손녀가 하나 더 있었다면 딱 좋은데 말이지.'

아쉽게도 현 팽가는 징그러운 남정네들로 가득 찬 가문이었다.

팽무천은 손으로 턱수염을 쓰다듬으며 말했다.

"자네의 말대로라면 이 취무결과 치취환기공을 동시에 운기하면 질 좋은 내공을 보다 빠른 속도로 얻을 수 있단 말이렷다?"

단재청은 고개를 끄덕였다.

팽무천의 안색이 활짝 펴졌다.

반 시진 후.

팽무천이 가부좌를 풀며 자리에서 일어났다.

눈이 깊어 보이는 것이 운기행공이 꽤나 흡족했음을 짐작케 해주었다.

"일어나셨소?"

"그래, 너는 몸이 어떠냐?"

"한결 편하오. 그나저나 앞으로 이런 속도로 운기를 할 수 있다면 정말 내공 하나만으로는 천하제일이 된다 해도 과언이 아닐 것 같소. 으하하하핫!"

팽무천 역시 단재청의 말에 긍정을 표했다.

정말이지 취무결과 치취환기공, 두 가지 무공의 궁합이 이렇게 잘 맞을지는 꿈에도 몰랐던 탓이다.

'일신… 대체 그의 끝은 어디란 말인가?'

팽무천은 침을 꼴깍 삼켰다.

이제 겨우 오관에 지나지 않는다. 그런데도 벌써 이만한 무공을 얻었다. 하면 이 뒤로는 대체 어떤 신공절학들이 숨어 있단 말인가?

자신에게는 필요없을지 몰라도 앞으로 가문에서 자라날 후손들을 생각하니 욕심이란 이름의 마물이 대가리를 치켜올렸다.

하지만 팽무천은 곧 머리를 털어버렸다.

지금 그가 이곳에 찾아온 이유를 잊지 말자는 생각에서였다.

'천지회인가 하는 세력의 마수(魔手)를 거둬내고자는 생각에서 오지 않았던가. 무천아, 욕심을 버려야 한다. 연이 닿으면 모르되, 닿지 않은 무공이라면 욕심을 가져서는 아니 되는 게야.'

팽무천은 불가의 귀의한 승려가 아님에도 스스로 '아미타불' 불호를 읊으며 심신을 평정시켰다.

그는 곧 생각을 정리한 뒤, 단재청에게 말했다.

"하면 이만 육관으로 넘어가세나."

"알겠소!"

단재청은 팽무천이 운기행공에 집중하고 있을 때에 발견한 장치를 작동시켰다.

드드드득!

철문이 좌우로 갈라지기 시작했다.

덜컹!

무언가 고정되는 소리와 함께 육관 내부가 드러났다.

그런데,

"허허… 이거, 정말 제정신으로 만든 것인가?"

팽무천과 단재청 모두 놀라고 말았다.

육관은 바로 무저갱이었다.

디딜 땅 하나 없이 아래로는 깜깜한 어둠만이 있을 뿐이었다. 오관의 갈라지는 땅을 피해 이곳으로 온 것인데, 육관에는 디딜 땅 자체가 없었다.

저 멀리 칠관으로 통하는 철문이 보였지만, 도저히 뜀박질로 뛰어서 당도할 거리가 아니었다.

"아무래도 오관으로 이동했던 사람들이 모두 사라진 이유가……."

"저 밑도 끝도 없는 어둠 때문이겠지."

오관의 갈라지는 땅을 피해 육관에 도착한다 하더라도 그들을 맞이하는 것은 깜깜한 어둠뿐.

그나마 오관 때와 다른 것은, 오관 때는 기관 때문에 땅이 갑자기 갈렸지만 육관은 아예 디딜 땅이 없기 때문에 조심해서 벽을 딛고 내려갈 수 있다는 점이었다.

"일단 아래까지 내려간 뒤에 칠관의 문이 있는 벽에서 다시 올라와야겠군그래."

"벽호공 말이오?"

"그것이 아니라면 무슨 방도가 있겠나."

단재청은 절벽을 오르고 내릴 때에 쓰이는 벽호공에 충분히 자신이 있었다.

자신이야말로 산에서 태어나고 산에서 자란 산중대왕이지 않는가.

문제는 유서 깊은 가문의 출신인 팽무천이 잡기에 지나지 않는 벽호공을 알 수 있냐는 것인데…….

그런 단재청의 눈빛을 읽은 것일까, 팽무천은 호탕하게 웃음을 터뜨렸다.

"허허! 걱정하지 않아도 된다네. 젊은 시절에 안 해본 고생이 없어서 벽호공쯤은 간단하게 해내니까."

"그렇다면 다행이구려."

"일단 내려가 볼까?"

둘은 벽호공을 이용해 조금씩 아래로 내려가기 시작했다.

끝이 보이지 않을 만큼의 깊이였지만, 무리하지 않고 천천히 내려가니 어느덧 어두운 시야 사이로 바닥이 서서히 보이기 시작했다.

퍼걱!

그때, 단재청이 손을 박았던 홈이 부서졌다.

돌이 아래로 떨어지며 먼저 내려가던 팽무천 옆으로 지나갔다.

"손서, 괜찮은가?"

단재청은 씨익 미소를 지었다.

"괜찮소, 장조 어른! 슬슬 바닥이 보이기에 나도 모르게 긴장을 풀었나 보오."

"허허, 벌써 긴장을 풀어서는 안 되지. 강호는 말일세, 다 되었다 싶어서 긴장을 풀 때에 위험이 닥치는… 제길!"

덜컹, 그그극!

갑자기 벽 여기저기에서 장치가 가동되면서 불룩한 무언가가 튀어나왔다.

푸우우우!

그것은 곧 짙은 빛깔의 녹색 안개를 뱉어내기 시작했다.

사관의 철문을 열었을 때 갑작스레 닥쳤던 독안개가 언뜻 떠올랐다.

"독!"

"빨리 내려가세!"

팽무천과 단재청은 다급하게 빠른 속도로 벽을 내려가기 시작했다.

하지만 녹색 안개 역시 무시하지 못할 속도로 공간을 메워갔다.

푸스스스.

녹색 안개가 닿는 벽이 조금씩 녹아갔다.

사관 때에 독 안개가 동굴 벽만큼은 녹이지 못했던 것을 감안한다면 더욱 지독한 독임이 분명했다.

단재청은 어쩔 수 없이 숨을 꾹 참고 벽에서 뛰어내렸다.

아직 뛰어내리기엔 너무나 높은 높이.

팽무천이 그를 부르며 손을 뻗어 다시금 인자결을 유동시
키려 했다.

"손서!!"

단재청이 허공에서 외쳤다.

"아니 되오! 이 안개들은 내가 어떻게 처리하겠으니, 장조
어른은 빨리 아래로 내려가시오!"

단재청은 팽무천의 대답을 듣지 않고 녹색 안개를 향해 힘
차게 부월을 던졌다.

부우우웅!

부월은 회전하며 날아가 독 안개 속으로 스며들었다.

그리고,

파바바박!

부월 속에 담겨 있던 막대한 양의 공력이 강기가 되어 돌개
바람을 만들기 시작했다.

안쪽으로 바람을 끌어들이자 독 안개 역시 그곳으로 빨려
들어 갔다. 하지만 독 안개의 양이 너무 많은 터라 강기 회오
리로는 더 이상 퍼지지 않게끔 발목을 묶는 역할밖에는 하지
못했다. 그것도 부월이 서서히 독 속의 산(酸)에 녹아가기 때
문에 시간도 길다 할 수 없었다.

타닥!

팽무천은 빠른 속도로 발을 놀리며 아래로 낙하했다.

추락하는 단재청을 잡아주기 위해서였다.

우우우웅!

길게 손을 내뻗어 인자결을 유동시키자, 단재청의 하강 속도가 조금씩 줄어들기 시작했다.

단재청은 지금이 아니면 기회가 없음을 깨닫고는 곧바로 벽 쪽으로 몸을 날려 손과 발을 강하게 박았다.

콰아아아!

줄어든 하강 속도와 함께 벽 쪽에 기다란 네 개의 줄이 그어졌다. 단재청이 추락을 막기 위해 벽을 꽉 쥐고 있는 상태에서 생긴 흠이었다.

우둘투둘하고 물기로 가득 찬 벽의 감촉이 좋지는 않았다. 하지만 살아남기 위해서는 어쩔 수 없지 않은가.

자칫 손가락뼈와 발가락뼈가 모두 부러질 수 있기에 각 요혈에 공력을 실어 근육과 뼈를 단단하게 하는 것을 잊지 않았다.

얼마 지나지 않아,

쿵!

단재청은 가까스로 땅에 당도할 수 있었다.

하지만 그의 몰골은 말이 아니었다.

벽이 부서지면서 생긴 모래와 물을 흠뻑 뒤집어써서 흙탕물에서 구른 것처럼 되어버렸고, 마찰열 때문에 옷과 신발은 다 해어져 있었다.

뼈 역시 단단하게 한다고 했지만 외문무공을 익히지 않은 이상 금강석처럼 단단해질 수는 없는 것이기에 좌수 세 개의 손가락뼈가 나가고, 오른쪽은 어깨가 탈골된 것 같았다.

"괜찮은가?"

어느새 땅에 착지한 팽무천이 걱정 어린 의문을 던졌다.

단재청은 고통에 한쪽 눈살을 찌푸리면서도 웃음을 잃지 않았다.

"이 정도쯤은… 괜찮소."

우두둑!

단재청은 왼손으로 제 어깨를 이리저리 움직이더니 익숙하게 제자리에 맞춰 끼워 넣었다. 왼손가락 역시 어느새 윗옷 아랫단을 뜯어 단단히 봉합시킨 뒤였다.

"산적 생활을 오랫동안 하다 보면 볼 꼴, 못 볼 꼴 다 보게 마련이오. 이 정도쯤은 아무것도 아니니 걱정하지 마시구려."

"괜찮다면 다행이다만… 이제 무기가 없으니 어찌할 요량인가?"

단재청은 오른팔을 빙글빙글 돌려 보였다.

"내 비록 한 자루 도끼로 이름을 떨치긴 했으나, 이 주먹도 무시하지 못하오. 내 천사를 지켜줄 정도는 되오. 음하하하핫!"

"원 사람도. 한데, 독기에서 나온 가루 때문인지 몰라도 조금 어지럽구먼."

"그러게 말이오."

"흠, 앞도 제대로 보이지 않는데, 이제 어찌한다?"

팽무천과 단재청, 둘 모두 강호에서 내로라하는 고수이기 때문에 이 정도 어둠은 큰 방해 요소가 되지 못했다.

하지만 어느 곳에서 어떻게 암기가 날아오고 기관이 작동할지 모르는 이곳에서 육감에만 의지한 채 걷는다는 것은 자살행위나 다름없었다.

더군다나 야명주가 박혀 앞을 분간할 수 있던 위쪽과는 다르게 이곳은 빛 하나 스며들지 않는 심연처럼 어둡기만 했다.

그때 갑자기 단재청이 씨익 함박웃음을 지으며 안쪽 주머니에서 무언가를 꺼냈다.

"걱정 마시구려. 나에게 이것이 있으니."

바로 야명주였다.

"헐, 이걸 언제 가져왔단 말인가?"

단재청은 주머니를 활짝 열어 보였다.

그곳에는 어른 주먹만 한 크기의 야명주가 다섯 개나 들어 있었다.

형형색색, 맑은 빛깔을 빛내는 야명주를 보며 단재청은 손가락으로 볼을 긁적였다.

"앞으로 천사를 모시고 살려면 돈이 있어야 하지 않겠소? 그래서 티 나지 않게 입구에 있던 것을 몇 개 슬쩍! 흐흐흐!"

"…그 정신없던 상황에 이런 걸 갖고 갈 생각을 하고… 자네도 정말 대단하구먼."

팽무천은 고개를 절레절레 흔들었다.

"여하튼 이것이면 호롱불 역할은 충분히 할 수 있지 않겠소?"

"충분하지."

단재청은 야명주로 이곳저곳을 비춰보았다.

생각대로 이곳은 수천 명이 들어서도 모두 채울 수 있을 만큼의 크기를 자랑하는 공동이었다.

"이곳은 정말 일신이 만든 것인지, 자연이 만든 것인지는 모르겠지만……."

"분명한 것은 넓긴 더럽게 넓다는 것이구려."

단재청은 야명주를 위로 비춰보았다.

그들이 내려온 곳을 확인하기 위함이었다.

하지만 야명주가 쏟아내는 빛이 약하지 않음에도 절벽의 끝은 보이지 않았다. 그들은 대체 얼마나 긴 거리를 내려온 것일까?

이따가 다시 올라갈 생각을 하니 앞이 캄캄해지는 기분이었다.

바로 그때였다.

"저 혹시… 굉음벽도 어르신이 되십니까?"

팽무천은 자신을 부르는 소리에 고개를 뒤로 돌렸다.

단재청이 야명주로 비추자, 젊은 사내 하나가 모습을 드러냈다.

　오관에 들어선 이후로 처음 만난 사람이기에 반가운 마음이 든 팽무천의 얼굴이 활짝 펴졌다.

　"자네는 누군가?"

　"역시 굉음벽도 팽 어르신이시군요!"

　"맞네. 내가 팽무천이네."

　"소생은 언가의 언과해라고 합니다."

　"호오?"

　청년은 바로 화무열과 싸움을 벌이다 감패에게 크게 혼쭐이 났던 진주언가의 소가주, 언과해였다.

　언가가 있는 진주와 팽가가 있는 북경까지 거리는 얼마 되지 않는다.

　그 때문에 언가와 팽가는 예부터 줄곧 친밀한 관계를 유지해 왔는데, 팽무천의 둘째 며느리가 바로 언가 출신이었다.

　"사돈께서는 잘 계시나?"

　팽무천이 말하는 사돈은 진주언가의 전대 가주, 철벽권성(鐵壁拳聖) 언성운을 뜻했다. 현 신주삼십이객 중 한 자리를 차지하고 있기도 했다.

　"조부께서는 얼마 전에 깨달음이 있으셔서 폐관수련에 들어가셨습니다."

　"호오! 그 나이에 폐관이라… 그렇다면 드디어 언가에도 절대위의 고수를 볼 수 있음인가?"

언과해는 낯빛을 살짝 붉혔다.

"그렇게 칭찬을 해주시니 몸 둘 바를 모르겠습니다."

"아니네. 언가와 팽가는 예부터 지우(知友)였으며, 지금은 사돈이지 않은가? 이게 다 언가가 지난 세월, 오랫동안 강호의 기둥이었기 때문에 생긴 홍복이네. 한데, 자네가 여기에 있는 것으로 봐서는 다른 사람들도 있는 것 같네만."

"지금 오관을 피해 육관에 들어온 대부분의 사람들이 저곳에 모여 있습니다."

"호오, 하늘이 도우신 겐가. 다행이구나."

"한데, 옆에 있는 분께서는……."

팽무천은 그제야 옆에 단재청을 두고서 소개시키지 않았다는 것을 깨달았다.

"아, 소개가 늦었구먼. 인사하게나. 이 아이는 단재청이라고 하네. 이곳 황산으로 오면서 만나게 되었지. 손서, 인사 하게나. 이쪽은 차대 언가를 이끌 소가주, 언과해라고 한다네. 나이대도 비슷하니 친하게 지내게나."

일순, 단재청과 언과해는 차가운 눈길을 주고받았다.

언과해가 착 가라앉은 목소리로 말했다.

"어르신, 어찌하여 이런 자와 함께하고 계시는 것입니까?"

"음?"

"언가의 소가주라… 비실비실한 것이 힘도 쓰지 못하게 생겼군."

분위기가 좋지 않은 것은 단재청도 마찬가지였다.

팽무천은 그제야 자신의 실수를 깨달았다.

자신이야 정사지간에 가까운 인물이라 크게 개의치 않았다지만, 언가는 정파, 녹림은 사파였다.

두 곳의 기둥인 언과해와 단재청은 절대 친해질 수 없는 관계였던 것이다.

"어르신, 말씀해 주십시오. 어찌 축생 축에도 끼지 못하는 이런 자와 함께하고 계시는 것입니까? 그리고 손서라니요. 설마 영 매와 이자가 혼약이라도 했단 말씀이십니까?"

팽시영과 언과해는 촌수로 따지자면 사촌지간이다.

친하지는 않으나, 언과해의 나이가 더 많으니 '매'라는 단어를 붙일 수 있는 것이다.

하지만 둘의 관계를 모르는 단재청으로서는 '영 매'라는 단어가 도화선에 불을 붙이는 것과 같았다.

"기운 하나 이기지 못해 기절했던 녀석이 말이 많구나. 그 몸으로 밤에 마누라는 어찌 만족시키냐? 하긴, 그깟 것으로 놀리면 얼마나 놀려댈까. 아침에 소박이나 맞지 않으면 다행이지."

"이이……!"

언과해의 머릿속으로 일전 천우객잔에서 있던 일이 스쳐

지나갔다.

다시는 떠올리고 싶지 않은 일이건만.

거기다가 산적 특유의 걸쭉한 입놀림은 언과해의 화를 몇 번이고 부채질해 활활 태웠다.

언과해의 얼굴이 붉게 달아오른 것을 확인한 단재청은 히죽거리며 손가락을 까닥거렸다.

"꼬우면 덤벼봐."

"이놈!"

언과해는 다짜고짜 몸을 날렸다.

"이보게!"

팽무천이 다급한 음성으로 언과해를 불렀지만, 그는 이미 단재청을 향해 쇄도해 들어가는 상태였다.

"어르신, 말리지 마십시오. 내 오늘 이 마두의 목을 꺾고 말… 켁!"

언과해는 말을 잇다 말고 턱 쪽에서 이는 강렬한 통증에 자칫 혀를 깨물 뻔했다.

부웅!

단재청의 주먹질에 언과해의 이빨이 몇 개 날아가며 몸이 떠올랐다.

단재청은 그대로 오른쪽 주먹을 녀석의 면상에 꽂아 넣었다.

퍽!

우두둑!

무언가 내려앉는 소리와 함께 언과해의 얼굴은 떡이 되어 바닥을 굴렀다.

게거품을 문 모습이, 기절한 게 분명했다.

만약 단재청이 손속에 정을 두지 않았다면 머리가 터져 나갔으리라.

탁탁!

단재청은 손바닥을 털어내며 다시 이죽거렸다.

"별것도 아닌 것이 까불기는."

"하아, 자네 대체 어찌할 요량인가?"

팽무천은 검지로 이마를 꾹 눌렀다.

"무엇을 말이오?"

"언가와 전쟁이라도 벌이려는 참이신가?"

"못할 것도 없지 않소?"

"뭐?"

팽무천의 얼굴 위로 황당하다는 표정이 어렸다.

"자네, 진심인가?"

"늘 소란이 끊이지 않는 강호가 아니오? 언가 같은 조무래기와 싸우는 게 이상한 일도 아니지 않소?"

비록 오대세가 안에는 들지 못하지만, 그래도 강호의 명문 세가를 꼽으라면 반드시 포함되는 곳이 진주언가다. 그런 곳을 조무래기 정도로 폄하하다니.

"언가를 무시하지 말게나. 명문세가의 힘은 절대 겉으로 비쳐지는 것이 다는 아니니."

진주언가는 황보세가와 함께 권의 쌍절로 통하며, 그들이 존재했던 수백 년 세월 동안 강호에 뿌린 씨앗은 절대 무시할 것이 되지 못한다.

그 때문에 구파와 오가가 삼십 년이나 지속된 정마대전의 대혼란 속에서도 살아남을 수 있었던 것이다.

하지만 그 말을 듣고도 단재청은 콧방귀를 뀌었다.

"장조 어른, 언가의 역사가 몇 년이오?"

"삼백 년이다만……."

"그럼 팽가의 역사는?"

"그런 건 왜 묻는 겐가?"

팽무천의 인색이 살짝 찌푸려지려 하자, 단재청은 화들짝 놀라 손사래를 쳤다.

"팽가를 무시하고자 함이 아니오. 그냥 몇 년의 역사인지만 말씀해 주시오."

"흠… 송 말(宋末)에 만들어졌으니, 올해로 딱 사백십이 년이 되었구먼."

"오가 중에서 가장 오래되었다는 남궁세가 역시 송대에 만들어지지 않았소?"

"그렇지."

"하면 녹림의 역사가 몇 년인지 아시오?"

"글쎄?"

팽무천은 고개를 갸웃거렸다.

사실 그가 녹림의 역사가 몇 년이나 되었는지를 알 수가 없는 것이 애초에 관심 자체를 두지 않았기 때문이다.

단재청은 그럴 줄 알았다는 듯이 씨익 웃으며 말했다.

"천 년이오."

"뭣이?"

"황건적(黃巾賊)을 아시오?"

"알다마다. 후한 말에 장각(張角)을 우두머리로 하여 일어났던 유적들이 아닌가? 머리에 황색 띠를 둘렀다 하여 황건적이라 불렸지. 하면……?"

황건적이 녹림의 전신(前身)이란 말인가?

"황건적이 와해되고 나서 유적들은 크게 녹파(綠派)와 청파(青派)라는 두 개의 조직으로 나뉘었소. 녹파는 원수를 갚아야 한다는 강경파였고, 청파는 때를 기다려야 한다는 온건파였소. 두 개의 파는 서로 황건의 정통성을 주장하다가 크게 충돌을 벌이고 끝내 돌이킬 수 없는 강을 건너고 말았소."

"흐음."

팽무천은 너무나 익숙하다는 생각을 했다.

과거 천섬도와 팽가 사이에 있었던 일.

그와 크게 다르지 않는 범주 안의 일이리라.

"결국 두 파는 돌이킬 수 없을 정도의 한을 품은 채로 봉기조차 못하고 돌아서야 했소. 청파는 서쪽의 촉에 있는 청성산으로, 녹파는 동쪽으로 움직이다가 다시 분열을 일으켜 열여덟 개로 나뉘니 이것이 바로 녹림십팔채의 기원이오. 그 후로 세를 불려 칠십이채로 늘어난 것이고."

"자네 말은 청성파의 전신 역시 황건적이란 말인가?"

"그렇소."

"허허."

구파 중 한 곳인 청성파가 녹림과 같은 뿌리를 지녔다는 것이 중요한 게 아니다.

녹림의 역사가 천 년이나 되었다는 것이 더욱 중요했다.

"나는 일자무식이라 한조시대가 언제인지 모르오. 하지만 몸담고 있는 곳의 역사는 알아야 한다는 생각은 늘 가지고 있었소. 비록 우두머리가 죽어 혼란에 빠지더라도 역사의식만 가지고 있으면 조직은 절대 와해되지 않고 맥이 이어질 것이란 생각 때문이오. 그럼 장조 어른께 진지하게 묻겠소. 언가와 녹림, 어디가 더 강할 것 같으오?"

"……"

"천 년 세월 동안 녹림은 수없이 짓밟혀도 잡초처럼 다시 일어나 살아왔소. 녹림의 명맥은 그만큼 끈질기오. 그리고 지금 그 명맥은 내 손 아래 하나가 되었소. 내가 있는 한… 언가? 그따위 것은 절대 무섭지 않소. 구파가 모두 하나가 되어 달려든다고 해서 눈 하나 깜짝하지 않을 나요."

팽무천은 무겁게 고개를 끄덕였다.

단재청, 단순하기만 하고 일자무식이긴 하지만, 그만큼 뜨거운 가슴을 지닌 이 녀석이라면 충분히 언가 따위는 가볍게 꺾을 수 있을 거라는 생각이 들었다.

'어쩌면 사도삼세 이후로 어둠 속으로 가라앉았던 사파의 새로운 종주(宗主)가 나타날지도 모르겠구나.'

시대가 어지러운 만큼 영웅이 일어나기 쉬울 때도 없다.

만약 단재청이 이 시대만 잘 헤쳐 나간다면 일약 영웅이 되어 세상에 군림한다 해도 부족하지 않을 터였다.

하지만,

"그런 것도 모두 이곳을 모두 나간 후의 이야기가 아닌가? 이렇게 언가의 자식을 박살 내버렸는데, 사단이 날 듯하네만?"

호랑이도 제 말 하면 온다고 했던가.

"소가주!"

"소가주! 어디에 계십니까?"

어둠을 가르며 네 명의 사내가 모습을 드러냈다.

언과해를 찾는 그들은 언가의 무사들로 보였다.

개중 한 명이 기절한 언과해를 발견했다.

"소, 소가주! 왜 이리되신 겁니까!"

무사들은 후다닥 달려와 언과해를 흔들었다.

"금창약과 환청단을 가져오게, 어서!"

"여기 있네!"

그들은 우왕좌왕하며 언과해의 맥을 짚어보기도 하고 더 다친 곳이 없나 찰과상을 확인하기도 했다.

단재청은 심드렁한 표정으로 입을 열었다.

"다른 곳은 다친 데가 없으니 별 탈이 없을 거요. 다만, 이빨 몇 개가 날아갔으니 앞으로 밥 먹는 데 힘이 많이 들지도."

그 말을 들은 한 사내의 눈동자에서 불꽃이 튀었다.

네 무사 중에서 가장 강해 보이는 인상을 자랑하는 중년인이었다.

"당신들이오, 소가주를 이리 만든 것이?"

"그렇다면?"

"감히! 언가의 사람을 이리 만들다니!"

"언가가 무엇이 그리도 대단한 것이기에 이리 호들갑이지?"

"이놈!"

무사는 벌떡 일어나 노호성을 터뜨렸다.

"나의 이름은 언창성! 강호의 지우들은 나에게 파쇄권(破碎拳)이라는 별호를 붙여주었다."

"그래서?"

"너 역시 무인이라면 지금 네가 한 행동이 무슨 뜻인지 알

터. 내 이름 석 자와 언가의 명예를 걸고 반드시 소가주의 복수를 갚고 말 것이다!"

"지랄하네."

"감히!"

자신을 언창성이라 밝힌 자가 외쳤다.

"네놈의 죄, 저승에 가서 뉘우쳐라!"

팟!

"하아, 장조 어른."

"왜 부르나?"

"언가에는 멍청한 놈들뿐이오?"

"글쎄, 무어라 딱 꼬집어서 말하기 무엇하구먼."

"감히 어디에 한눈을 파는 것이냐!"

"아, 정말 시끄럽네."

단재청은 귀찮다는 듯이 주먹을 가볍게 앞으로 내밀었다.

그리고,

퍽!

언창성은 이렇다 할 방어 자세도 취하지 못한 채 그대로 얼굴이 일그러지며 고꾸라지고 말았다.

"대주!"

"대주님! 소가주에 이어 이제는 대주까지! 용서치 않겠다!"

두 녀석이 더 달려들었다.

단재청은 자세를 바로 하고서 두 주먹을 동시에 내뻗었다. 우스꽝스럽기 짝이 없는 동작이었지만 너무나 빨랐던 까닭에 아직 일류의 문턱에 들지 못한 무사들로서는 그대로 당할 수밖에 없었다.

퍼퍽!

둔탁한 타격음과 함께 달려들던 두 녀석마저 바닥에 나뒹굴었다.

단재청은 마지막으로 남은 녀석을 향해 눈을 부라렸다.

"이래도 할 것이냐?"

"이이⋯⋯!"

무사는 몸을 부르르 떨었다. 가만히 있자니 가문을 욕보인 것이라 참을 수 없었고, 달려들자니 동료들처럼 허무하게 바닥에 나뒹굴까 하는 걱정이 들었다.

단재청은 녀석의 눈동자에서 더 이상 달려들지 않을 것이란 걸 깨닫고는, 팽무천에게 말했다.

"장조 어른, 이놈들이 왔던 곳으로 가면 사람들이 있는 곳으로 갈 수 있지 않겠소?"

"그렇겠지."

단재청과 팽무천은 언가 무사를 지나쳐 그들이 왔던 방향으로 발걸음을 옮겼다.

팽무천이 힐끔 사돈 되는 가문의 사람을 보았지만, 이내 시선을 거두어 버렸다.

강호는 결국 강자존. 강한 사람이 진리이며, 약자에게 관심을 베푸는 것은 그나마 남아 있는 자존심에 먹칠을 하는 것밖에는 안 된다는 생각에서였다.

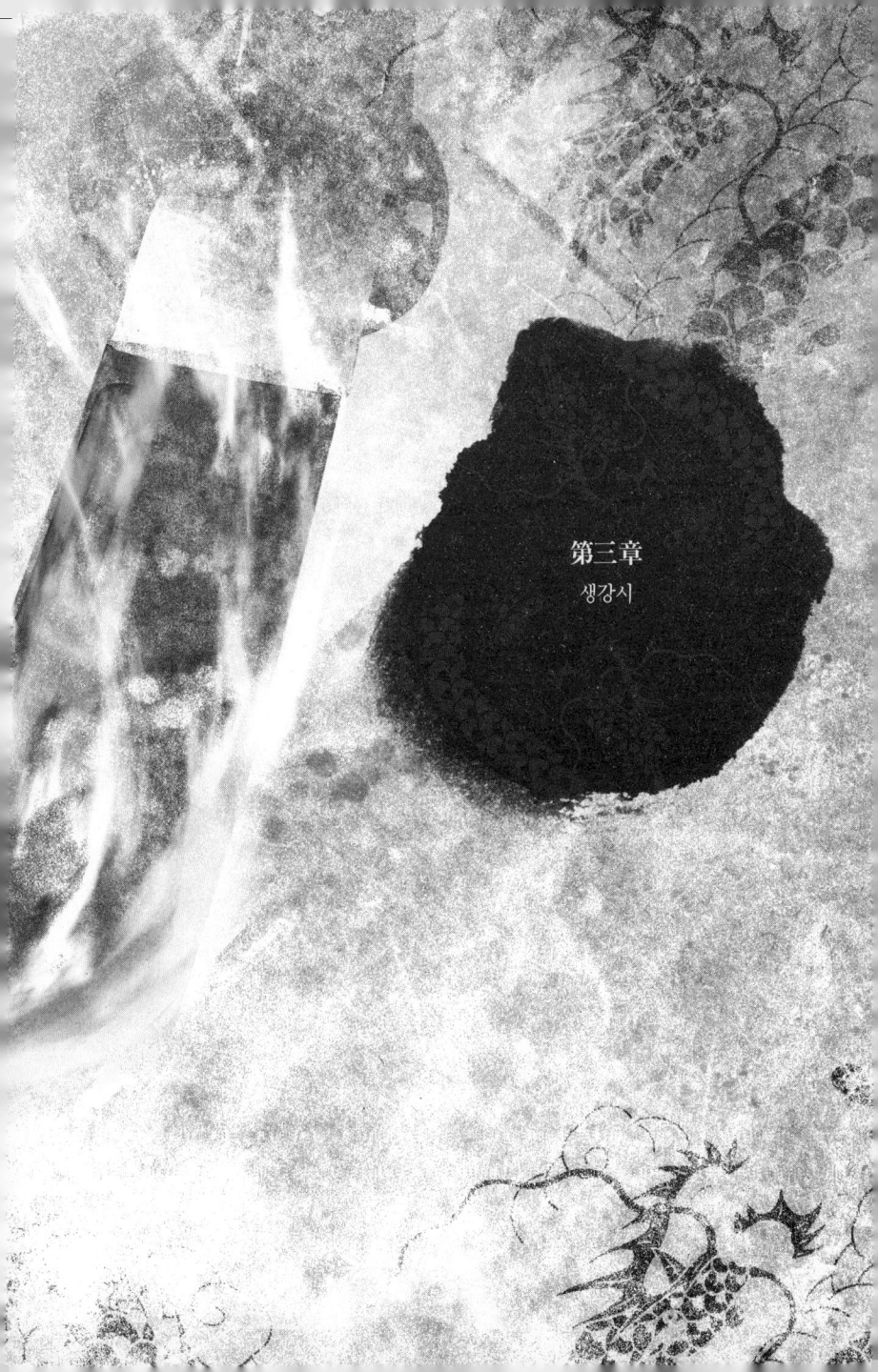

第三章

생강시

神刀無雙
신도무쌍

팽무천과 단재청은 야광주로 앞을 비추며 전진했다.

얼마 지나지 않아 그들은 오관에서 실종되었던 사람들을 발견할 수 있었다.

반갑게 달려가려는 순간, 그들은 목불인견(目不忍見)의 참상에 말을 이을 수가 없었다.

그곳에는 수많은 사상자들이 있었다.

다리나 팔이 부러진 사람부터 시작하여 목이 기형으로 꺾이거나 곤죽이 되어버린 사람들이 한둘이 아니었다.

사관에서 살아남았던 사백여 명의 무인들 중 대부분이 크나큰 부상을 입은 듯했다.

"거기… 누구시오……?"

개중 그나마 상태가 나아 보이는 노인이 조심스레 말을 걸어왔다.

다른 사람들의 시선 역시 팽무천 쪽으로 향했다.

한 치 앞도 분간하기 힘든 어두운 이곳에 빛이 들어왔으니 관심을 끌 수밖에 없는 것이다.

팽무천은 그들을 향해 포권을 취했다.

"팽가의 팽무천이라 하오."

"도제(刀帝) 꿍음벽도!"

성란육제 중에서 도제라 불리는 꿍음벽도의 등장.

"저, 정말 도제란 말씀이십니까?"

팽무천은 쓴웃음을 지었다.

"강호의 동도들께서 못난 이 사람에게 그런 감당치 못할 거창한 별호를 주셨소."

"으하하하… 드디어 살았다!"

"이제 이곳을 빠져나갈 수 있는 게야!"

정체를 밝혔을 뿐인데, 사람들은 너무나 기뻐했다.

도제 꿍음벽도의 무게가 무거운 것은 사실이지만 이곳에 있는 자들 모두 자신이 머물던 지역에서는 크게 이름을 떨치던 고수였다. 그런 그들이 어째서 도제의 등장을 이토록 반기는 것일까?

팽무천은 의아한 감이 들어 처음 자신에게 말을 걸었던 노인에게 조심스레 물었다.

"내가 나타난 것이 이토록 반가운 일이오?"

노인은 함박웃음을 터뜨리며 말했다.

"당연하지요! 도제께서 왔으니 이제 이 지긋지긋한 곳을 빠져나갈 수 있지 않겠소?"

"천룡십관을 모두 통과하지 않을 거란 뜻이오?"

옆에 있던 젊은이가 호응하고 나섰다.

"그렇습니다! 저희는 더 이상 이곳에 있고 싶지 않습니다. 어서 이곳을 나가서 가족들이 있는 곳으로 돌아가고 싶습니다! 한데, 구출대는 어디에 있습니까?"

팽무천의 얼굴이 살짝 굳어졌다.

그제야 이들이 자신의 등장을 반겼던 이유를 깨달은 것이다.

단재청이 조심스레 팽무천에게 전음을 보내왔다.

[장조 어른, 저들은 우리가 자신들을 구해줄 거라고 믿는 것 같습니다.]

[그런 것 같네. 아무래도 오해가 생긴 듯하이.]

[그나저나 정말 끔찍합니다. 대체 무슨 일이 생긴 것인지… 몸이 정상인 사람이 없는 것이 아무래도 오관에서……]

[미처 피하지 못하고 떨어진 것이겠지.]

오관은 땅이 갑자기 수십 조각으로 갈려 무저갱으로 빠뜨리던 곳이 아니었나.

팽무천과 단재청이야 가진바 뛰어난 무위로 어떻게든 피했지만, 단체로 움직이던 이들은 미처 모두 피하지 못하고 그대로 떨어졌을 터였다.

개중 대부분이 바닥에 추락해 죽은 것이고, 몇몇은 가진바 절기를 어떻게든 이용해 목숨만은 구제한 것일 터였다.

[어렵구나. 이를 어찌하면 좋을까…….]

팽무천은 길게 탄식을 흘렸다.

[다른 방법이 없지 않소. 사실대로 말할 수밖에.]

사실대로 말한다면 자신을 구원자로 생각했던 이들에게 암담함만 가져다줄 것이다.

하지만 거짓을 말하여 이들을 이끄는 것보다 차라리 사실대로 말하여 이들을 이끄는 것이 더 나을 거란 생각이 들었다. 거짓은 결국 차후에 이들의 가슴에 더 큰 상처만을 남길테니까.

팽무천은 조심스레 숨을 갈무리하고서 그들에게 말했다.

"미안한 일이오나, 우리는 당신들이 기다리던 구출대가 아니오. 우리 역시 일신무총을 통과하기 위해 온 사람이었을 뿐이오."

"그, 그럼 도제께서도 이곳을 빠져나갈 방법이 없단 말씀이시오?"

"지금으로서는 그렇소이다."

"제기랄!"

옆에 있던 청년이 욕지거리를 내뱉었다.

그는 본래 운남 점창파의 사람으로, 고륜(孤侖)이라는 도명을 가지고 있었다.

점창파는 본래 구파에 속할 정도로 대단한 성세를 구가하던 문파였으나, 정마대전 이후 급격히 쇠퇴하더니 이내 제천궁의 등장으로 말미암아 대부분의 기득권을 잃어버리고 지금은 한낱 도관으로 전락해 버린 지 오래였다.

그나마 점창파의 오랜 역사를 흠모하는 이들이 있어 명맥만은 유지할 수 있었으나, 지금은 총인원이 백 명도 되지 않은 허름한 도관이었다.

고륜은 그러한 점창파의 일대제자로서, 차대 장문인으로 꼽히는 자였다.

그가 일신무총에 온 이유는 지난 정마대전 동안 유실되었던 점창의 무공을 대신할 일신의 무공을 얻고, 무총을 모두 통과하여 다시 점창의 성세를 옛날로 돌리기 위해서였다.

하지만 그는 지금 암담함을 느끼고 있었다.

부푼 마음을 안고 다섯 사제와 함께 일신무총으로 들어선 지 여섯 시진째.

다섯 사제 중 네 명은 독 안개에 녹아 주검조차 남기지 못한 채 죽어버렸고, 남은 한 명은 이곳으로 떨어질 때에 자신을 보호하려다 갈비뼈가 부러져 내장이 크게 상하는 바람에 숨이 오락가락하고 있었다.

지금 그에게 중요한 것은 일신의 무공 따위가 아니었다.

사제를 데리고 의원에게 데리고 가는 것, 그것이 중요했다.

이미 일신의 무공이 자신의 수중에 들어올 것이란 생각은 추호도 하지 않고 있었다.

그러던 찰나, 자신을 도제라고 밝힌 노인의 등장에 희망을 가졌지만 이내 그 희망을 꺼버려야 했다.

"사… 형, 걱정하지 마세… 요. 우리는 이곳을… 나갈 수… 있… 을 거예요."

사제 고림(孤林)이 자신의 손을 꼭 잡아왔다.

고륜은 눈가에 핑 도는 눈물을 사제 몰래 지워내야 했다.

'사제에게 눈물을 보일 수 없지 않은가. 그래, 하늘이 무너져도 솟아날 구멍은 있다고 했다. 어떻게든 이곳을 빠져나갈 방법이 있을 게야.'

고륜이 작게 마음을 다지던 도중 누군가가 그의 어깨를 짚었다.

고개를 돌려보니 청성파의 소극 도장(霄極道長)이 그를 보며 미소를 짓고 있었다. 같은 문파의 사람이 아님에도 불구하고 고륜과 다섯 사제를 옆에서 아껴주었던 노인이었다.

고륜은 소극 도장을 보며 무겁게 고개를 끄덕였다.

그때, 도제 팽무천이 입을 열었다.

"내 비록 구조대는 아니오나, 사실 내가 일신무총에 온 이유는 그대들을 일신무총에서 밖으로 데려가기 위함이었소."

"……?"

이건 또 무슨 해괴망측한 소리란 말인가?

"그전에 앞서, 한창 제천궁과의 소요로 인해 시끄러운 이때에 일신무총이 열린 이유부터 말씀드리고자 하오."

소극 도장의 눈이 살짝 뜨였다.

"도제의 말씀은 곧, 일신무총이 열린 것이 우연이 아니라 어떤 음모 때문이란 말씀이시오?"

"그렇소."

사백여 명의 사람들 모두의 시선이 팽무천과 단재청에게로 향했다.

일신무총이 열린 것은 사실 음모 때문이다?

대체 어떤 세력이 있어 일신무총을 가지고 음모를 꾸밀 수 있단 말인가.

[이대로 사실대로 말해도 되겠소?]

[지금이 아니면 언제 이들에게 말하겠느냐. 지금이라도 이들을 이끌고 무총을 빠져나갈 수 있다면 다행한 일이지.]

팽무천은 단재청의 걱정 어린 물음을 단호하게 끊어내고서 말을 이었다.

"이 강호는 지금 천지회라는 암중 세력으로 인해……."

팽무천은 그동안 하오문과 팽가의 정보망을 통해 얻은 정보와 소비연에게서 들은 사실을 토대로 천지회에 대한 내용을 모두 말해주었다.

백수십 년 전에 있었던 팔황새의 난부터 시작해 정마대전, 그리고 삼대혈란으로 꼽히는 괴검지앙과 건패지재의 뒤에 천지회의 손이 닿았다는 점.

이름없던 삼류 문파였던 제천궁이 삼 년 만에 남북대전을 일으킬 수 있을 정도로 커다란 문파가 될 수 있었던 이유까지.

동굴에 있는 사람들은 모두 분개했다.

강호가 지난 백여 년 동안 한 단체의 수작에 꼭두각시 인형처럼 서로 치고받고 싸웠다는 사실에 분개한 것이다.

오랜 정마대전으로 인해 정기가 대부분 사라진 정파를 상대로 제천궁이 싸움을 건 이유도 강호를 더욱 혼란으로 몰아넣기 위함이었다는 말에는 어느 누구 할 것 없이 크나큰 분노를 느꼈다.

또한, 천시를 이용해서 한차례 강호를 혼란으로 몰아넣으려 했다는 대목에서는 모두가 얼굴을 붉혀야 했다.

한갓 꿈을 위해 여인을 핍박하려 들었다는 생각이 들어 부끄러움을 감출 길이 없었던 것이다.

팽무천은 여기서 백염도가 질풍행로를 벌인 이유가 천시가 아닌 강남제일미를 보호하기 위함이었다고 말하는 것을 잊지 않았다.

백염도에 대한 군웅들의 증오를 조금이나마 거두기 위함이었다.

팽무천의 설명은 계속되었다.

무인들이라면 모두 탐낼 일신무총을 이용해 강호의 고수들을 한데 집결시켜 한 번에 처리하고, 제천궁과의 알력으로 인해 무주공산이 되어버린 강호를 손아귀에 넣으려 했다는 대목에서는 분노를 표출하다 못해 아예 게거품을 물고 기절하는 사람까지 생겨날 정도였다.

팽무천의 모든 설명이 끝나자 동굴 내부는 정적에 잠겼다.

그만큼 천지회가 강호에 내뻗은 음모의 손길은 너무나 크고 모든 이들을 충격의 도가니로 몰아넣을 정도로 대단한 것이었다.

[이들이 정녕 믿을 것 같소?]

[믿지 않는다면 믿게 만들어야지.]

[하지만 사실 너무 허무맹랑한 이야기가 아니오?]

커다란 암중 세력이 강호에 마수를 뻗쳐 집어삼키려 한다는 이야기.

어느 삼류 서적에나 나올 법한 이야기가 아닌가.

하지만 문제는 그 이야기가 실제라는 것이다.

[믿지 않는다 해도 상관없다. 우리는 우리가 할 일을 모두 끝냈고, 저들이 믿지 않는다 하더라도 무총을 나갈 생각을 가지고 있는 것은 확실하니 결국 우리의 목적은 성공한 셈이 아니더냐.]

[그야 그렇지만…….]

둘의 전음이 지속되던 도중, 소극 도장이 침묵을 깼다.

그는 묵직한 목소리로 팽무천에게 물었다.

"그 말을 이제야 하는 이유가 무엇이오? 군웅들이 무공에 눈이 멀어 무총에 들어서기 전에 도제의 이름으로 말을 하여도 되는 일이었지 않소? 그도 아니면 개방을 통해 각 문파에 연락을 넣어도 되었던 일이고. 여태껏 그 모든 일들을 비밀로 하다가 지금에서야 밝히는 연유를 여쭈어도 되겠소?"

"무총에 들기 전에 이 말을 하였다면 그대들이 믿었겠소이까?"

소극 도장은 살짝 얼굴을 붉혔다.

그 말의 속뜻을 알아챈 것이다.

무총에 들기 전 자신의 모습… 그것은 결코 욕심과 욕망을 버려야 하는 도인의 모습이 아니었다.

사문의 영달을 꿈꾸고 천하제일인을 바라던 무인의 모습이 아니었나.

만약 그 당시에 팽무천의 말을 들었다면 콧방귀를 뀌며 넘어갔을 것이다.

팽가가 일신의 무공을 독차지하기 위해 거짓을 말한다고……

"그래도… 개방을 통해 각 문파에 천지회라는 암중 세력이 있음을 경고하였어도 되는 일이지 않았소?"

"나 역시 암중 세력이 있음을 안 것은 얼마 되지 않았소.

그저 짐작만 가지고서 각 문파에 이를 말하는 것은 아직 이르다 생각했소."

"흐음……."

고륜이 조심스레 입을 열었다.

"하면 도제께서는 언제부터 그런 사실을 아셨습니까?"

"백염도를 만난 뒤부터였소."

"배, 백염도!"

난데없는 마두의 이름에 모두의 눈동자가 부릅떠졌다.

그제야 그들의 머릿속에 굉음벽도가 백염도와 천시를 가지고 남직예로 유유히 사라졌다는 사실을 떠올릴 수 있었다.

그때 한창 강호를 뜨겁게 달구지 않았나.

'굉음벽도가 천시를 차지했다' 라고.

한데, 그것이 사실은 천지회의 음모를 분쇄시키기 위해서였다고?

팽무천의 설명은 계속 되었다.

"백염도는 강호에 나타나기 오래전부터 천지회의 야욕을 알고 이를 꺾기 위해 싸워왔소."

강호제일공적이자 희대의 마두인 백염도가 강호 만민을 위해 활동한 협객(俠客)이 되는 순간이었다.

소극 도장의 눈동자가 살짝 떨렸다.

백염도의 이름은 구파에게 있어 재앙과도 같았다. 그리고 그 이름은 언젠가는 강호에서 지워야 할 흔적이었다. 그런데 그러한 믿음이 부정되고 있는 것이었다.

그는 두근대는 마음을 쥐어짜듯이 말했다.

"그리 말하여도… 그가 수많은 사람들을 죽인 것은 지울 수 없는 현실이오."

팽무천은 고개를 끄덕였다.

"나 역시 아오. 비록 살인이 일상다반사처럼 벌어지는 강호라 하나, 살인에는 그 어떤 이유를 달아도 정당화될 수 없소. 하지만 그보다 먼저 알아주시오. 백염도가 강호를 향해 칼을 빼 든 것이 아니라, 강호가 천시에 욕심을 내니 자신이 사랑하는 여인을 지키기 위해 칼을 든 것을 말이오. 만약 강호가 천시에 욕심을 부리지 않았더라면 질풍행로도 벌어지지 않았을 것이오."

"아……!"

소극 도장은 가슴을 쥐어짰다.

백염도에 의해 죽어버린 사형제들과 사문의 제자들이 얼핏 주마등처럼 스쳐 지나갔다.

정의(正義)라 정의(定義)했던 것이 부정되는 순간, 사람은 번뇌에 잠기기 마련이다.

그것은 고륜과 다른 사람들 역시 마찬가지였다.

백염도…….

그는 정말 어떤 사람인가?

일반 사람들에게 알려진 대로 마(魔)인가? 그도 아니

면…….

팽무천은 희미한 미소를 지었다.

자신이 믿고 따르는 사람의 오해와 누명이 벗겨지는 것은
좋은 일이다. 그것은 단재청도 마찬가지였는지, 그의 입가에
도 함박웃음이 지워지지 않았다.

하지만 어디에나 방해 요소는 있는 법이었다.

"잠깐 멈추시오!"

동굴을 쩌렁쩌렁하게 울리는 목소리.

가뜩이나 크게 소리치면 메아리가 되어 울리건만, 공력까
지 실었는지 그 소리는 너무나 커서 귀가 다 아플 지경이었
다.

소극 도장은 인상을 찌푸리며 소리를 지른 남자, 언과해에
게 시선을 돌렸다.

"과해, 언제 왔는가?"

단재청의 주먹질에 가볍게 나가떨어졌던 언과해가 어느새
수하들과 함께 나타난 것이다.

"간악한 마두에 의해 해(害)를 당하고 왔습니다."

"해를 당해? 설마 누가 자네에게 손을 썼단 말인가?"

"그렇습니다."

언과해는 단재청과 팽무천이 있는 곳으로 고개를 돌렸다.

단재청을 바라보는 그의 눈동자는 지글지글, 불꽃처럼 타
오르고 있었다.

팽무천은 손바닥으로 이마를 탁, 쳤다.

이런 중요한 순간에 이 녀석이 등장할 줄이야. 잠시 녀석의 존재를 잊고 있었던 자신의 머리가 한탄스러울 뿐이었다.

단재청은 언과해를 보며 이죽거렸다.

"인물이 훤해졌군그래."

"이놈!"

언과해는 버럭 소리를 질렀다.

녀석의 주먹질로 인해 부러진 어금니 세 개와 앞니 두 개가 생각난 까닭이었다.

그 때문에 자신은 더 이상 입을 벌리며 웃지도 못하게 되어버렸다.

소극 도장은 이마를 찌푸렸다.

"대체 무슨 일인가? 그리고 어찌하여 이빨이 날아간 게야? 왼쪽 눈에 생긴 멍은 어떻게 된 것이고?"

앞니가 달아나고 왼쪽 얼굴은 시퍼렇게 부어올라 왼쪽 눈은 실눈이 되고 말았다. 코는 그대로 주저앉아 버려 평생 들창코 신세를 면하지 못하게 되어버렸다.

본래 잘생겼다 할 수 있는 얼굴이었지만 어느새 곰보보다 못난 사람이 되어버린 것이다.

언과해는 단재청을 손가락으로 가리켰다.

"도장! 녀석들에게 속으면 아니 됩니다! 지금 도제가 말하는 것은 모두 거짓, 간악한 술수에 지나지 않습니다!"

"도제 어르신은 나보다도 나이가 많은 분이시네. 어찌 젊은 그대가 가벼이 저분을 지칭할 수 있……."

"마두이기 때문입니다!"

"뭐야?"

도제 굉음벽도 팽무천이 마두?

"저 옆에 있는 자가 누군지 아십니까? 바로 남북대전의 혼란한 상황을 틈타 녹림을 통일시킨 사파의 거두, 녹림왕입니다! 또한, 도제가 누구입니까? 강호 만민을 상대로 혈겁을 일으켰던 대마인 백염도를 은닉해 준 전과가 있던 자가 아니었습니까?"

"……!"

순식간에 팽무천은 사파의 거두와 마두, 즉 사마의 무리와 한데 어울리기를 좋아하는 인물이 되어버렸다.

그럴듯하지 않은가?

백염도와 녹림왕, 그들과 함께하는 자라…….

강호에 암중 세력이 있다는 말보다 더욱 그럴 듯하게 들린다.

팽무천과 단재청을 바라보는 사람들의 시선이 싸늘하게 변해갔다.

소극 도장과 고륜도 어느 것이 사실인지 알지 못해 우왕좌왕하는 그때,

"크하하하핫!"

팽무천의 웃음소리가 사위를 갈랐다.

결국 이것인가?

마음을 달리 먹어 저들을 구하고자 이곳에 왔건만, 결국 일이 이렇게 되어버렸다.

한순간에 자신의 의견을 부정하고 덩달아 음모를 꾸미는 협잡배로 모는 언과해의 능력도 대단하고, 이런 팔랑귀를 지닌 멍청한 작자들과 함께 정파라 불렸다는 사실 또한 우습기 짝이 없었다.

"크하하하하하핫!"

"자, 장조 어른……."

단재청이 조심스레 팽무천을 흔들었다.

하지만 팽무천은 계속 웃음만 터뜨릴 뿐이었다.

"저들이 또 어떤 입 발린 말을 하여 동도 여러분들을 현혹시킬지 모르니 당장 베어야 합니다!"

언과해는 씩씩거리며 소리쳤다.

무인들은 하나둘씩 병장기의 손잡이에 손을 얹었다. 언과해의 말이 사실이라면 당장에라도 뛰쳐나가기 위함이었다.

"후후후."

팽무천은 웃음을 멈추고서는 언과해를 바라보았다.

'사람의 눈빛이 어찌……!'

언과해는 금방이라도 자신을 잡아먹을 듯한 그 눈빛에 주눅 드는 자신을 발견할 수 있었다. 하지만 이내 모질게 마음을 먹었다.

이곳에 사백여 명의 고수들이 있는 한, 제아무리 성란육제의 도제라 하여도 자신을 해할 수는 없으리라 여긴 것이다.

"언과해, 이놈!"

팽무천의 눈동자 위로 불꽃이 튀었다.

"네까짓 놈이 무얼 안다고 나선단 말이냐!"

*   *   *

"이곳은 대체 어떻게 되어 있는 거지?"

소비연은 샛길로 난 동굴 길을 따라 걸으면서 작게 중얼거렸다.

진성의 뒤를 쫓아 들어선 이곳은 밖에서 보았던 것과는 다르게 꽤나 컸다.

다섯 사람이 횡대로 서도 충분할 만한 너비.

하지만 높이는 얼마 되지 않아 장신인 소비연의 머리카락이 천장에 아슬아슬하게 닿을 정도였다.

길은 오로지 하나밖에 없었기에 쭉 내려왔는데, 언제부터인가 진성의 기운이 느껴지지 않았다.

심안이 만들어내는 기감으로도 느껴지지 않을 줄이야.

마치 세상에서 진성이라는 존재 자체가 하늘로 증발이라도 한 것 같았다.

'증발?'

문득 무언가 떠오르는 것이 있었다.

만약 정말로 증발한 것이라면?

이곳은 일신무총. 어느 곳, 어느 위치에 어떤 기관 장치와 진식이 설치되어 있는지 모르는 곳이다.

그 수많은 장치 중에서 한 존재를 기감의 감역에서 지우는 수법을 가진 것이 있다 해도 무리는 아니었다.

'일단 지금 이곳에 놓인 길은 하나. 이대로만 간다.'

소비연은 길게 난 길을 따라 걷고 또 걸었다.

한 치 앞도 분간하지 못할 만큼 어두웠지만, 장님으로 살았던 그에게는 별 힘든 곳이 되지 못했다.

그렇게 얼마를 걸었을까.

한참을 그렇게 지나니 저쪽에서부터 희미하지만 자그마한 불빛이 시야에 어렸다.

소비연은 지체하지 않고 비천행을 펼쳐 앞으로 쭉쭉 내달렸다.

저만치 멀리서 빛이 커짐과 동시에 길의 끝이 보이기 시작했다.

바로 그때,

그그그극!

기관 장치가 움직이기 시작했다.

수백 발의 강전이 위에서 쏘아지며 아래로는 땅이 움푹 꺼지며 창이 튀어나왔다.

"이까짓 것 따위는!"

소비연은 코웃음을 치며 분천도를 뽑아 들어 크게 휘둘렀다.

쉐에에엑!

타다다당!

강기를 실은 도풍이 사방에 비산하면서 강전을 쳐냈다.

그와 함께 용천혈에 공력을 밀집시켜 강하게 몸을 튕기자, 그의 몸은 긴 포물선을 그리며 날아가 동굴을 그대로 통과했다.

길목 끝 아래에는 널따란 공동이 펼쳐져 있었다.

처음 삼관에 들어섰을 때에 보았던 공동과 비교해도 절대 뒤지지 않는 크기의 공동.

소비연은 아래로 추락하던 도중 자신을 바라보는 수백 쌍의 눈동자와 마주치게 되었다.

마침 공동에는 삼백여 명의 사람들이 있었다.

착!

그는 가볍게 땅을 착지하고서 가장 앞에 있는 사람에게 물었다.

"이곳이 몇 관이오?"

이렇게 사람이 많다는 것은 분명 십관 중 어느 한 곳이라는 의미일 터다. 자신이 통과한 곳은 정로(正路)가 아닌 지름길과 같은 이로(異路)였을 테고.

탄탄한 체구와 만만치 않은 기도를 자랑하는 중년인은 한 참이나 소비연을 응시했다.

소비연은 상대가 아무런 대답도 없이 지그시 바라보기만 하자, 살짝 짜증이 일었다.

그는 지금 진성의 뒤를 쫓는 상태.

이곳에 계속해서 발목이 묶여 있을 수는 없는 일이었다.

"혹시 나처럼 저곳에서 나온 다른 사람을 본 적이 없소?"

소비연의 물음에 중년인은 여전히 아무런 대답도 하지 않 았다.

"이보시오. 무슨 말이라도 해보시오."

"……."

"혹시 아무런 말도 하지 못하시오?"

"침… 입… 자."

갑작스레 입을 여는 중년인.

"무엇이라 하였소?"

"침… 입… 자."

중년인은 딱딱 끊어지듯이 말했다.

그의 말속에서 사기(死氣)가 느껴졌다.

산 사람에게서 생기가 아닌 사기가 느껴진다?

"생강……!"

"침입자는… 죽인다!"

샤락!

갑자기 전후좌우, 사방에서 불어오는 진득한 살기에 소비
연은 강하게 땅을 박차 어기충소의 수로 높이 뛰어올랐다.

그 아래에는 공격을 감행했던 네 명의 사람이 무표정한 얼
굴로 그를 보고 있었다.

"생강시(生殭屍)가 어째서 이곳에 있는 거지? 분명 강시제
조술은 마교에서도 백 년 전 이후로 모두 사라진 것일 텐
데……!"

강시.

본래는 전장에서 죽은 사람의 시체를 고향에까지 썩지 않
게 보내기 위해 고안된 방법이다. 본래는 고귀한 일이었지만
시체를 다루는 것에 대한 사람들의 인식이 좋지 않게 변하면
서 사술(邪術)과 좌도방문(左道房門)의 수법이 되었는데, 이를
가장 발달시킨 것이 바로 마도지류 중 한 곳인 고루일파(枯髏
一派)였다.

그들은 강시를 종으로 삼아 사용하였는데, 강시 자체가 웬
만한 도검은 들지도 않는 단단한 외피를 가진 덕택에 많은 무
인들이 이들로 인해 피해를 보곤 했다.

하지만 어느 정도 기를 다룰 줄 알거나, 내가공부에 통달한
고수라면 쉽지 않게 제압할 수 있어서 고루일파는 처음 등장
때만큼이나 빠른 속도로 몰락했다.

그러나 그들이 몰락했다고 해서 강시에 대한 문파들의 욕

심이 그친 것은 아니었다.

마교의 경우, 강시를 두고 일반 내가고수들도 상대할 수 있도록 방법을 강구하고 많은 결과물을 얻었다.

그중 대표적인 것이 바로 소비연이 지금 말한 생강시였다.

생강시의 경우에는 죽은 시체가 아닌, 살아 있는 사람을 토대로 만드는데, 기존의 자아를 부수고 몸을 강제로 강시로 바꿔 버리는 식으로 탄생되었다.

생강시는 비록 심장은 멈춰 있어도 살아 있는 것이나 마찬가지기 때문에 일반 무인들처럼 기를 단전에 축적하는 일도 가능했다. 늙지도 않기 때문에 약 이십 년 동안 수련동에서 수련을 시키면 도검불침의 절정고수로 탈바꿈되었다.

하지만 죽은 고인의 유체를 가지고 그런 사술에 이용하는 것도 반인륜적인데, 하물며 살아 있는 사람을 이용함에야⋯⋯.

결국 생강시라는 존재는 수많은 마인들의 반대에 부딪쳐 효용성은 뛰어나나 무인으로서는 상대할 것이 되지 못한다 여겨졌다. 지금은 마도계에서도 가장 음지로 숨어버려 그 명맥만 겨우 유지되는 실정이었다.

한데,

'이곳에 있는 이들 모두가 생강시다. 그것도 초절정 이상의⋯⋯!'

소비연은 분천도를 녀석들에게 겨누며 식은땀을 흘려야

했다.

어째서 이곳에 이토록 많은 생강시가 있는 것인가?

마치 세상에 존재하는 생강시를 모두 끌어모은 것 같았다.

거기다 백수십 년간, 바깥 공기 한 줌조차도 일절 들지 않는 이곳에서 수련만 쌓아온 이들은 얼마나 강할 것인가.

비록 경지를 초월하는 데 필요한 '상념'은 가지지 못했더라도 긴 세월 축적된 내공은 초절정 이상, 절대위라고 해도 과언이 아닐 터였다.

삼백여 명에 달하는 초절정, 혹은, 절대위의 고수.

만약 이들이 세상에 모두 쏟아진다면… 강호는 어찌 될까?

'모두 베어야 한다!'

소비연의 눈동자 위로 광망이 번뜩였다.

비록 진성을 뒤쫓는 것이 지체된다 하더라도 이 녀석들을 모두 상대해야만 했다. 어쩌면 그 때문에 진성 녀석이 일부러 이곳에 그를 초대한 것일지도.

팽팽한 대치 상황이 계속되는 가운데, 먼저 행동을 보인 것은 바로 처음 그를 공격했던 네 구의 생강시였다.

"침입자는! 죽인다!"

파바밧!

사방을 옥죄어오는 네 구의 생강시.

이대로 동시에 녀석들을 상대하게 된다면 상당히 귀찮아질 터였다.

소비연은 그전에 앞을 뚫어야겠다는 생각에 땅을 강하게 박찼다.

쉐에에엑!

그의 몸이 길게 늘어지면서 분천도가 앞으로 쏟아졌다.

대각선 방향으로 비스듬히 그어지는 사선.

모든 것을 벨 듯한 예기를 자랑했다.

까앙!

전면에 있던 녀석은 가볍게 팔을 들어 분천도를 막아냈다.

하지만 들려오는 것은 강철을 세게 후려친 것 같은 소리.

'역시 도검불침의 강시다워.'

짧은 찬탄과 함께,

"하지만 수화불침이라는 말은 아직 들어보지 못한 것 같군!"

쩌어어어엉!

분천도가 긴 공명음을 터뜨렸다.

동시에 도면에서 불꽃이 일어나 녀석의 몸을 감싸 안고 위로 활활 타올랐다.

콰르르릉!

분천삼도 열권풍. 세상을 태울 듯이 올라간 회오리는 생강시의 몸을 태우는 것으로도 모자라 수많은 칼바람을 쏟아내며 공간을 찢어놓았다.

하지만,

획!

퍼어엉!

회오리 안쪽에서 강대한 기파가 터지면서 회오리가 삽시간에 안쪽으로 수그러들었다.

커다란 불길을 가로지르며 한 남자가 저벅저벅, 걸어 나왔다.

얼굴 한쪽이 허물어지고 옷뿐만 아니라 몸 전체가 꺼멓게 그을렸어도 예의 처음에 공격했던 바로 그 생강시라는 것을 알 수 있었다.

"......!"

소비연의 눈동자가 부릅떠졌다.

신화경에 오른 이후로 자신의 공격을 감당할 수 있는 자가 있을 줄 몰랐기에 그의 충격은 더욱 컸다.

그 순간, 생강시의 입에 미소가 걸리는 듯한 착각이 일었다. '이것밖에는 안 되냐?'라는 물음을 내포한 듯한 비웃음이었다.

콰라라락!

기감에 세 개의 기운이 잡혔다.

전면에 있는 생강시 역시 이쪽으로 달려오기 시작했다.

소비연이 칼을 빠르게 한차례 휘두르자, 도신 너머로 묵직한 타격감이 느껴졌다.

까가가강!

'제길!'

녀석들의 공격을 튕겨내고서야 알 수 있었다.

이들은 처음 생각했던 초절정 정도가 아니었다.

절대위.

그것도 입신경에 오른 상위 절대위의 무력을 지닌 녀석들이었다!

파바밧!

네 구의 생강시가 동시에 강기를 쏘았다.

좌우, 그리고 위!

까앙!

미간으로 느껴지는 것이 있어 분천도를 들어 올렸더니, 예의 녀석이 공격해 온 모양이었다.

손날을 이용해 도를 강하게 짓누르는데, 만년한철로 만들어진 분천도가 금방이라도 안쪽으로 일그러질 것 같았다.

소비연은 도파를 세게 쥐며 강하게 일 보를 내디뎠다.

촤아악!

분천도는 녀석의 팔뚝을 지나 머리와 몸 전체를 반 토막 내 버렸다.

소비연은 그대로 몸을 좌측으로 돌려 열권풍 세 개를 동시에 터뜨렸다.

콰르르릉!

콰악!

하지만 불꽃은 별다른 위협이 되지 못했는지, 이번에도 역시 녀석들은 열권풍을 가르며 달려들었다.

그때서야 알 수 있었다.

녀석들을 상대할 수 있는 방법은 하나.

바로 강기를 이용한 능광도섬밖에는 없다는 사실을.

샤샤샤샥!

비록 불을 다루는 데 특화가 되어 있다 하더라도, 소비연의 칼질 역시 타의 추종을 불허할 정도로 빨랐다.

마치 공간에 녹아든 것처럼 동체시력으로는 절대 따라잡을 수 없을 정도로 빠르게 칼을 휘두르기 시작했다.

생강시는 위협이 되었던 처음과는 다르게 능광도섬에는 너무나 약한 모습을 보였다.

가르고, 또 가르고.

분천도가 공간을 쪼갤 때마다 녀석들은 허리가 잘리거나 사지 중 하나가 날아갔다.

하지만 수많은 살점과 팔다리가 떨어져 나가도 생강시들은 눈 하나 깜짝하지 않고 다시 그에게 달려들었다.

감정도, 고통도 없는 그들의 머릿속에는 오로지 그들의 동면을 깨운 침입자에 대한 척살밖에는 없었다.

퍼걱!

분천도가 또 한차례 생강시의 목 하나를 높이 날려 버렸다.

하지만 그래도 아직 숨이 끊어지지 않은 몸뚱어리는 다시 달려들었기에, 소비연은 아예 몸뚱어리 자체를 반으로 갈라 버려야 했다.

"후욱, 후욱……."

소비연은 작게 숨을 골랐다.

한참 무아지경에 빠져 녀석들을 베어버리는 데 벌써 반 시진은 족히 흐른 것 같았다.

죽어도 죽지 않고 달려드는 녀석들을 상대하는 것은 제아무리 신화경의 고수인 그라 해도 힘들 수밖에 없었다. 하물며 상대들이 모두 입신의 힘을 자랑하는 생강시임에야.

'남은 녀석은 이제 이백 정도. 이 녀석들까지 모두 처리할 수 있을까?'

언제부터인가 녀석들은 단체로 달려들면 떼죽음당하는 것밖에 되지 않는다는 사실을 알아챈 것인지, 세 구의 생강시가 한 조로 해서 차륜전으로 승부를 걸어왔다.

그 때문에 소비연은 세 구의 입신고수를 상대하고 나서도 다시 세 구를 상대하게 되어버린 까닭에 체력이 빠른 속도로 저하되었다.

이대로 간다면 삼백 구의 생강시와 잘해야 동귀어진, 못하면 필패(必敗)였다.

하지만 그것이 전부가 아니었다. 그에게 있어서 더욱 악몽 같은 순간은 시간이 조금 더 흐른 후에야 찾아왔다.

우우우웅!

기다란 공명음.

생강시들이 내뿜는 사기가 동시에 기이한 울음소리를 내기 시작했다.

그 순간 소비연은 그 너머로 존재하는 무언가를 느낄 수 있었다.

생강시와는 비교도 할 수 없을 정도로 음습하고 파괴적인 힘을 자랑하는 기운을…….

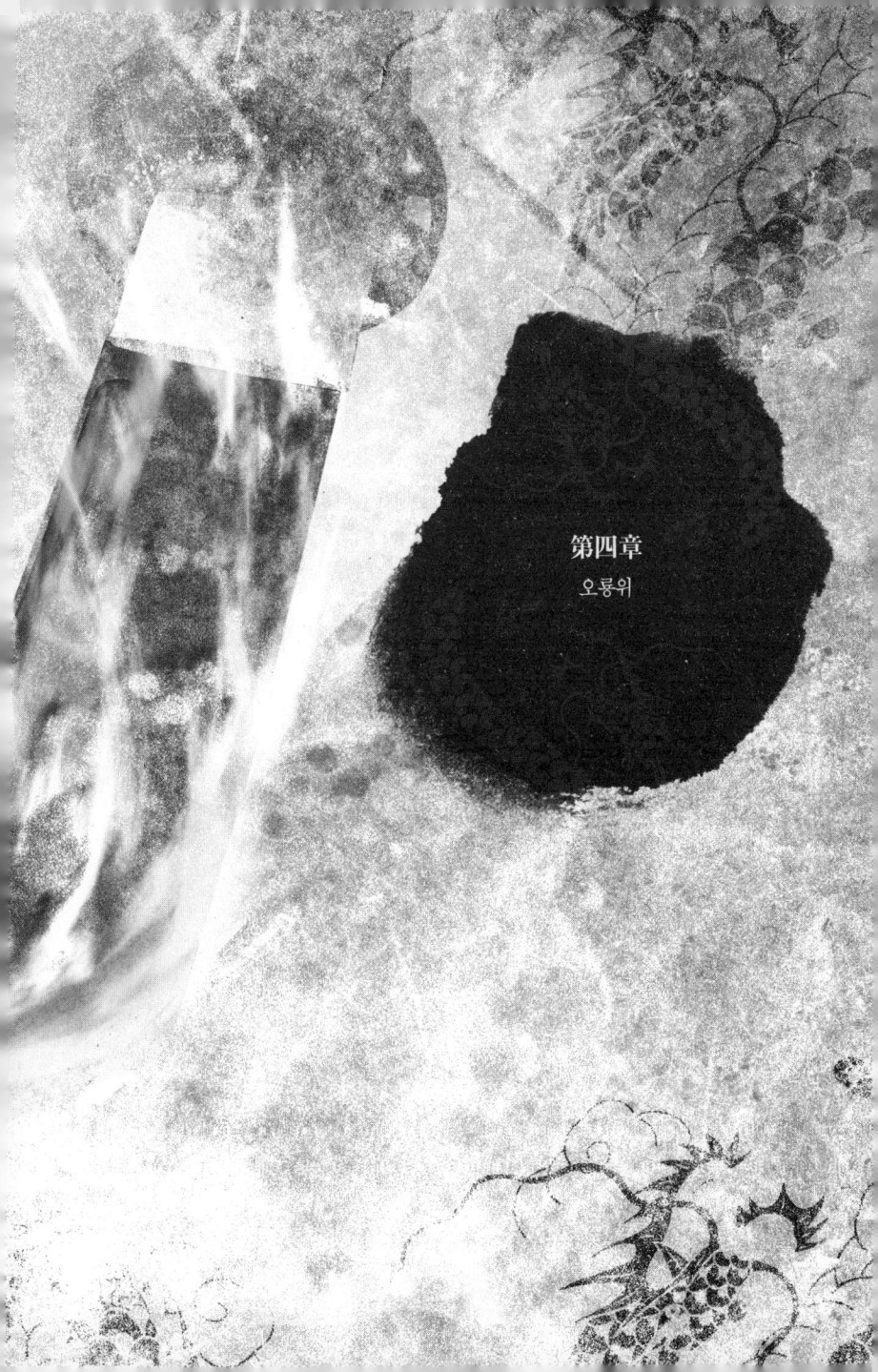

第四章

오룡위

神刀無雙
신도무쌍

"**지**독하게도 많군."

소비연이 통과했던 곳 위에서 두 사내가 아래를 내려다보고 있었다.

바로 감패와 망아 성승이었다.

그들은 아래 공동 위에 서 있는 삼백여 명의 사람들을 본 순간 깨달았다.

저들은 모두 생강시라는 것을.

"아미타불… 인간으로서 어찌 저런 짓을 할 수 있단 말인가!"

망아 성승은 생강시를 본 순간 불같이 화를 냈다.

소림 무학의 본질은 항마(降魔)와 파사(破邪).

칠십이절예의 계보를 잇는 망아 성승에게 있어서 생강시의 존재는 천리를 거스르는 역천(逆天)의 존재였다.

또한, 그는 알고 있었다.

숨을 쉬고 있는 사람이 생강시가 되기까지 받는 정신과 육체적 고통 모두를.

"망아, 젊었을 적의 너를 보는 것 같아 괴로우냐?"

"……."

망아 성승은 아무런 대답도 하지 않았다.

그저 염주를 강하게 움켜쥐며 당장에라도 앞으로 몸을 내던질 준비를 갖출 뿐.

하지만 그런 그의 앞길을 감패가 막아섰다.

"어째서 막는 것입니까, 감 시주!"

감패는 살짝 망아 성승을 노려봤다.

"지금 나에게 화를 내는 것이냐?"

"그게 중요한 것이 아니오! 지금 저곳에 역천의 존재가 있소. 백수십 년 세월, 끝도 보이지 않는 세월 동안 자유로이 떠나지 못하고 발목이 묶여 버린 망자들이 저곳에……!"

그가 말하는 망자(亡者)는 바로 생강시 속에 잠들어 있는 영혼들이리라.

하지만 감패는 여전히 망아 성승을 놓아주지 않았다.

"아직은 적당한 때가 아니다. 네가 나서면 개죽음밖에는 되지 않아."

확실치는 않으나, 만약 저 강시들이 일신무총이 만들어졌을 때부터 이곳에 있었다면 족히 백수십 년의 세월을 살아왔을 것이다.

생강시는 보통 강시와는 다르게 운기행공과 무공 수련이 가능하다.

그것은 곧 백수십 년 세월 동안 줄곧 무공만 수련해 왔다는 뜻.

못해도 하나하나가 절대위에 육박하는 무위를 자랑할 터였다.

그런 녀석들이 있는 곳에 몸을 던진다고?

입신에 올라 신화를 바라보고 있는 감패라면 모르되, 아직 입신의 앞자락만 보고 있는 망아 성승이라면 몇 상대하지도 못하고 죽어버릴 터였다. 제아무리 저들에게는 상극인 소림 절예를 쏟아낸다고 해도 기껏 몇을 상대하는데 그칠 것이다.

"그렇다고 해서 저들을 저리 둘 수는 없는 일이오!"

하지만 망아 성승의 결정은 한결같았다.

불도를 닦는 그에게 있어서 자신의 목숨은 그리 중요치 않았다.

망자의 원한을 달래주고 명부로 귀의시키는 것, 그들을 위해 작게나마 천도제라도 지내주는 것이 그가 할 일이었다. 한데 어찌 이리도 막는단 말인가?

"아니, 저들은 강제로 발목에 묶여 있는 망자 따위가 아니다."

"그것이 무슨 뜻이오?"

"지금 저곳에 있는 삼백서른셋의 생강시는 강제로 생강시가 된 것이 아니라 자신들이 원해서 강시가 되고 또한 이곳을 지키고 있는 거란 뜻이다."

"……!"

망아 성승은 그제야 걸음을 멈추었다.

"후우, 이제야 말을 좀 듣는군."

"다시 말씀해 주시오, 감 시주."

망아 성승의 말투는 어느새 마른 대지처럼 굳어 있었다.

처음 감패에게 모습을 비췄을 때와는 사뭇 다른 모습이었다.

감패는 잠깐 고민에 잠겼다.

"흠, 어디부터 말해야 할까……. 너, 일신이 젊은 나이에 신화경에 오르고도 어째서 일찍 명을 달리했는지 아느냐?"

일신이 그토록 높은 경지에 오르고도 세수 사십을 넘기지 못하고 젊은 나이에 죽은 이유에 대해서는 정확하게 밝혀진 것이 없어 아직도 많은 사가(史家)들의 논쟁거리로 남아 있었다.

그것은 강호의 큰어른인 망아 성승 역시 마찬가지. 그는 고개를 가로로 내저었다.

"일신은 정확하게 서른일곱의 나이에 숨을 거뒀다. 한 여인을 지키기 위해서, 구음절맥이라는 천형(天刑)을 타고난 사랑하는 연인을 위해서였지. 나도 정확하게는 알지 못하지만 그때 유일하게 구음절맥을 치료할 수 있는 신의가 여인의 목숨을 살리려면 당신의 목숨이 필요하다, 그렇게 말했나 보더군."

"어찌 목숨을 그리 허망하게……. 그런데 저 망자들과 그 일이 무슨 관련이 있단 말이오?"

"후후, 내 얘기는 아직 끝나지 않았다. 그 후로 일신은 심사숙고를 하다가 결국 제 목숨을 내놓기로 했지. 그때 신의가 이렇게 말했다더군. '천산의 구건(九乾)과 구유(九幽)가 만나는 곳에 사는 만년화리(萬年火螭)의 여의주가 필요하다' 라고."

"……!"

리(螭)는 천 년 수양을 하였으나 끝내 용이 되지 못하는 존재, 이무기를 뜻한다.

그중에서도 화리는 본래 화룡이 되려 한 녀석을 뜻하는데, 만년화리는 만 년의 세월 동안 하늘 위로 승천하지 못해 지기(地氣)에 되레 발이 묶인 영물 중의 대영물을 뜻했다.

제아무리 일신이 대단한 존재였다 하더라도 만년화리는 그 존재만으로도 신에 가까운 존재.

홀로 싸우기란 무리였을 터.

결국,

"구건과 구유가 만나는 곳이라면 하늘과 대지가 가장 가깝게 위치하는 곳, 즉 천산을 일컫지. 일신은 신의에게 아무런 말도 하지 말아달라고 부탁한 후에 남들 모르게 홀로 천산에 올랐다. 그때가 바로 일신이 처음 마교와 충돌했던 때다."

일신과 마교의 충돌에 그런 비사가 존재했을 줄이야.

"그 뒤로 어찌하였는지 모르지만 일신은 만년화리의 여의주를 갖고 돌아와 연인을 치료하였다. 하지만 그때 입은 상처가 너무나 극심해 후유증으로 고생하다 몇 년 살지 못하고 끝내 숨을 거두고 말았지. 그때 일신에게는 그를 따르는 삼백서른셋의 무사가 있었는데, 그들은 일신의 위업을 잊지 못하겠다며 그들의 주모와 함께 그의 시신을 안고 어디론가 사라졌지."

"감 시주의 말뜻은 곧······?"

감패는 무겁게 고개를 끄덕였다.

"저들이 바로 항시 일신의 뒤를 따르며 강호를 종횡했던 이들, 천룡대(天龍隊)다."

이어서 작게 중얼거렸다.

"저들은 죽어서까지도 자신들의 주군을 지키고자 했지······. 강호는 그중에서도 가장 강한 다섯을 오룡위(五龍衛)라 하며 경외했다."

우우우우!

강렬한 기파.

사위를 압도하는 무언가에 소비연은 자신 역시 기파를 내쏘는 걸로 웅대했다.

이미 싸움은 멈춘 지 오래였다.

소비연은 기파를 상대하는 데 정신이 쏠렸기에 분천도를 휘두를 수 없었고, 다른 생강시들은 마치 모든 장치가 정지라도 한 것처럼 제자리에 서서 움직이지 않았다.

'대체 누구란 말인가, 이런 기운을 가질 수 있는 것은······.'

이백여 구만이 남은 생강시 너머로 느껴지는 기파의 숫자는 도합 다섯.

소비연으로서도 도저히 무시할 수 없을 만큼의 힘을 자랑하는 놈들이었다.

촤아악!

그때, 생강시들은 마치 약속이라도 한 것처럼 썰물처럼 좌우로 갈라졌다.

그 사이로 다섯 인영(人影)이 저벅저벅 걸어왔다.

적(赤), 청(靑), 황(黃), 백(白), 흑(黑).

서로 다른 색깔, 오행에 맞춘 옷을 입은 이들이었다.

특히나 백색 무복을 입은 이는 유일하게 여인이었는데, 마치 천상에서 내려온 선녀처럼 아름답기가 이루 말로 표현할

길이 없었다. 강호칠화 중 한 명이라는 팽시영도 백색 무복을 입은 여인과 비교하자면 태양 앞의 반딧불일 듯했다.

다른 무인들 역시 따로 떼어보자면 각각 독특한 개성을 지녔다.

적의인은 날이 잘 갈린 과모를, 청의인은 들기에도 버거운 청룡언월도를 들고 있었는데, 마치 삼국지연의에 나오는 관운장과 장익덕이 재림한 것 같았다.

흑의인은 천년독각사의 외피로 만든 것으로 보이는 수투를 끼고 있어 탄탄한 체구와 잘 어울렸고, 정중앙에 선 황의인은 한 손에 도를 한 자루 쥐고 있었는데, 마치 고독한 황야의 이리처럼 보였다.

각자가 내뿜는 기세 역시 오행의 기운에 맞춰 제각각 달랐다.

하지만 한 가지만은 공통적이었다.

패도적이며 사위를 가볍게 짓누르는 기세(氣勢).

금방이라도 세상을 질타할 듯한 패기가 물씬 풍겼다.

패왕(覇王) 혹은 용(龍).

달리 표현하자면 그리 말할 수 있으리라.

소비연은 녀석들을 보며 작게 중얼거렸다.

"혈강시(血殭屍)……."

모든 물건에 수많은 종류가 있듯이, 강시에도 수십 종류가 존재한다. 그중에는 타의 추종을 불허하는 강한 강시도 있게 마련이다.

그중에서도 가장 강한 것을 꼽으라 한다면 무인들은 입을 모아 말할 것이다.

혈강시라고.

혈강시 제조술에 대해서는 아무도 알지 못한다. 그 맥이 오래전에 끊겨 버린 까닭이다.

하지만 혈강시가 최고라는 데에는 절대 이의를 두지 않는다.

바로 그 까닭은 혈강시 하나하나가 만독불침, 수화불침은 물론, 내공을 익히고 '생각'을 할 수 있기 때문이다.

수백 년 된 생강시가 제아무리 강하다고 하더라도 결국 절대고수에게는 속수무책일 수밖에 없다.

학습 능력이 없기 때문에 오로지 공격일변도밖에는 없기 때문이다.

생사결이라는 것은 주위 상황과 맞물려 자신과 상대의 무공 상성 등도 따져 가면서 전략을 잘 수립하여야만 승리를 거둘 수 있다.

때에 따라서는 삼류무사가 절정고수를 죽일 수 있는 까닭도 거기에서 기인한다.

그렇기 때문에 강시에게는 한계라는 것이 존재할 수밖에 없는데, 이 마지막 한계마저 극복한 것이 바로 혈강시였다.

혈강시는 평상시에는 보통 강시처럼 시전자의 명에 따른다.

하지만 시전자가 죽거나 위험에 빠지는 순간, 특별한 대법이 가동되어 이성(理性)을 가지게 된다.

그 후로는 혈강시는 이성을 가지고 사리를 판단하여 '생각'을 통해 보다 효율적으로 전투에 임한다.

거기다 지닌바 힘은 입신경에 육박하기 때문에 보통 고수들은 상대하기가 힘들어, 강호에 혈강시가 한 구라도 등장하는 때에는 늘 피바람이 불곤 했다.

그런 혈강시가 다섯이나 등장했다.

삼백여 구의 생강시뿐만 아니라, 다섯 구의 혈강시까지⋯⋯.

"엎친 데 덮친 격이라고, 첩첩산중(疊疊山中)이라는 말은 저 녀석들을 앞에다 두고 한 건가 보군그래."

"아미타불⋯ 이대로 혈강시와 생강시를 놔둘 요량이신지요?"

망아 성승은 처음의 모습으로 돌아와 정성스레 불호를 외웠다.

감패는 그 모습에 살짝 인상을 찡그렸다.

"방금 전에는 그토록 화를 냈던 녀석이 이제는 너무 침착하군그래."

"아미타불. 번뇌란 불시에 찾아오는 것이라, 열반을 코앞에 둔 소승 역시 거기에서는 벗어날 길이 없나 봅니다."

"허! 역시 입에다가 기름칠을 했는지 말은 잘하는구나! 거기다 스스로 열반의 경지를 목전에 두었다니, 부끄럽지도 않느냐?"

"흘흘, 저는 진실만을 얘기할 뿐입니다."

감패는 당치도 않는다는 표정을 잠시 짓다가 이윽고 살짝 굳은 표정으로 말했다.

"생강시라면 몰라도 혈강시는 나로서도 힘들다. 특히나 오룡위로 만든 혈강시라면 더더욱. 백수십 년 세월 동안 얼마나 내공을 쌓았는지도 모르는 일이고."

"그래도 저들을 세상에 내보낼 수는 없는 일이지 않습니까? 더군다나 이제 저들도 편히 보내주어야……."

감패는 고개를 끄덕였다.

"그래, 그토록 고생했으니 이제 고이 보내주어야겠지? 비록 저들이 원치 않더라도 망자는 쉬어야 하는 법이니까."

감패는 검갑에서 검을 뽑아 들었다.

스르릉, 소름 돋는 소리와 함께 그의 애검 필혼(祕琿)이 모습을 드러냈다.

"타앗!"

검을 강하게 앞으로 내뻗자, 필혼검은 어검술(御劍術)의 묘리를 바탕으로 강하게 앞으로 쏘아졌다.

팟!

필혼검은 긴 선이 되어 청의인을 꿰뚫 듯이 지나갔다.

"크어어어엉!"

청의인의 병기는 창도 아니고, 도도 아닌, 특이한 모양이었다. 날은 반달 모양이며, 칼등의 중간에 딴 갈래가 있어 이중의 상모를 달아 마치 사자의 갈기처럼 멋지게 흩날렸다. 칼날 밑에는 용의 아가리가 물려 있어 금방이라도 앞으로 쏘아질 듯했는데, 옛날 군인 중에서도 기보병들이 썼다는 언월도(偃月刀)인 듯했다.

부우웅!

언월도는 그 커다란 모양새만큼이나 묵직한 파공음을 내며 전면으로 날아들었다.

까앙!

그 중심으로 필혼검이 부딪쳤다가 뒤로 튕겨났다.

"간만에 재밌는 싸움을 할 듯하군."

감패는 청의인을 지그시 바라보면서 작게 중얼거렸다.

그때, 청의인 바로 옆에 있던 오룡위의 홍일점, 백의인이 감패와 망아 성승이 있는 곳을 발견하고 무서운 속도로 날아들었다.

"망아, 네놈 차례다."

"나무아미타불 관세음보살."

망아 성승은 대답 대신 불호를 외며 공동 쪽으로 몸을 날렸다.

"갈(喝)!"

불문의 사자후(獅子吼)는 탕마(蕩魔)의 힘을 자랑한다.

혈강시인 백의인은 달려오다 말고 잠시 움찔거렸지만, 얼마 가지 않아 정신을 수습하고 다시 달려왔다. 그녀는 곧 망아 성승과 충돌을 벌였다.

쾅!

칠십이절예 중 하나인 일지선공(一指禪功)과 천녀검법(天女劍法)의 충돌이 빚어내는 폭발은 대단했다.

그 위로는 감패가 다시 어검술의 묘리로 필혼검을 날리고 있었다.

"청룡(靑龍) 관운장도(關雲長刀)! 꿈속에서라도 한 번은 너와 손속을 겨뤄보고 싶었다."

청의인은 언월도로 재차 필혼검을 튕겨내며 부리부리한 눈매로 감패를 노려봤다.

감패는 일전에 천우객잔에서 보였던 제왕의 풍모를 한껏 내세우며 다시금 필혼검을 조종했다.

파바밧!

소비연과 황룡, 적룡, 흑룡이 충돌한 것도 바로 그때였다.

*   *   *

팽무천의 싸늘한 목소리는 동굴 전체를 뒤흔들어 놓았다.

언과해는 차마 그 눈길을 마주할 수 없었다.

몸 전체를 관통하는 시선.

전신이 사슬로 포박된 것처럼 움직일 수가 없었다.

이것이 말로만 듣던 절대고수들이나 행할 수 있다는 무형지기(無形之氣)일 터였다.

'으으⋯⋯!'

언과해는 몸을 부르르 떨었다.

"내가 마두라 하였느냐?"

팽무천은 저벅저벅, 언과해에게 다가갔다.

언가의 무사들과 몇몇 인사들이 언과해를 보호하기 위해 다가왔지만, 단재청이 그들의 앞을 가로막았다.

"아아, 지금 이 일은 장조 어른이 하셔야 할 일. 그러니 다른 사람들의 접근은 불허하겠소!"

"감히 사파의 마두 따위가!"

"녹림에서 이름을 떨쳤다 하여 우리들에게까지 통할 성 싶으냐?"

돌아오는 반발.

순간, 단재청의 눈동자가 착 가라앉았다.

"무언가 잘못 알고 있나 본데 말이지."

단재청은 강하게 땅을 즈려밟으며 옆에 있던 동굴의 벽을 강하게 후려쳤다.

쿵! 우르르—

"……!"

공동 전체가 금방이라도 무너질 것처럼 크게 뒤흔들렸다.

사람들은 두 가지 사실에 놀랐다. 그동안 잡종이라며 은근히 무시해 왔던 사파의 무사가 이토록 강할 수 있다는 사실에 놀랐고, 또한 젊은 나이에 이만한 경지에 올랐다는 사실에 다시 한 번 놀랐다.

그제야 그들은 떠올릴 수 있었다.

최초로 녹림을 일통시킨 자, 녹림왕.

그것도 사파의 하늘이었던 사도삼세가 무너진 이후, 그들의 무사들을 흡수하면서 녹림은 급격한 성장을 이루지 않았던가.

도리어 복마전(伏魔殿)이라고 해도 과언이 아닐 터였다.

단재청이 그런 곳의 제일인이라는 사실이 떠오른 것이다. 더군다나 차대 절대위를 노린다는 신주삼십이객의 일 인이 아니던가…….

단재청은 말 안 듣던 수하들에게나 써먹던 방식이 통한다는 사실에 흡족함을 느꼈지만 어디까지나 속으로만 그리 느낄 뿐, 겉으로는 싸늘한 미소를 지어 보였다.

"나더러 마두니 뭐니 말하는 것은 상관없어. 하지만 지금! 장조 어른의 일을 방해하는 자는 결코 용서치 않겠다."

그는 짐승처럼 으르렁거리며 말을 이었다.

"그리고 말이지……. 내가 무식해서 말은 잘 못하지만, 만약 장조 어른이 저 천둥벌거숭이 말대로 그런 암계나 꾸미는 분이셨다면… 이곳에 있는 당신들, 과연 살아남을 수나 있었을까?"

"……!"

"장조 어른이 나서지 않으시고, 나 홀로 나서도 당신들 정도는 감당할 수 있을 듯한데?"

"가, 감히……!"

검파에 손을 가져다 대고 있던 고륜은 분노에 몸을 부르르 떨었다.

하찮게 여겨왔던 사파의 인물에게 무시당하는 기분, 느껴보지 못한 사람은 모를 것이다.

감히 수많은 선배들이 계신 이곳에서 그딴 망발을!

분노에 눈이 멀어 앞으로 튀어나가려는 순간,

"고륜! 안 된다!"

움찔.

소극 도장의 외침에 고륜의 몸이 앞으로 튕기려다 말았다. 그의 시선이 뒤로 향했다. 영문을 알지 못하겠다는 표정이었다.

소극 도장이 말했다.

"지금 앞으로 나가면… 자네는 죽어."

"……"

"앞을 보게."

고륜은 아무런 대답도 없이 다시 단재청에게로 시선을 돌렸다.

단재청이 그를 보며 미소를 짓고 있었다.

가슴을 서늘하게 만들 만큼의 싸늘한 미소를.

고륜은 그때서야 비로소 깨달았다, 단재청은 고륜이 달려들기만을 고대했다는 것을.

"쳇, 아깝군. 불만을 한순간에 눌러 버릴 수 있는 기회였는데 말이지."

"……!"

"여하튼 알아둬. 만약 장조 어른께서 나와 같은 나쁜 녀석이었다면 말이지, 당신들 중에서 살아남을 수 있는 사람은 아무도 없었다고."

고륜은 가만히 돌처럼 가만히 그 자리에 서 있어야 했다.

그리고 그 너머로,

팽무천의 서슬 퍼런 일갈이 다시 들려왔다.

"다시 묻겠다. 내가 마두라 하였느냐?"

팽무천은 무형지기에 옭아매어 옴짝달싹하지 못하는 언과해에게 조금씩 다가갔다.

언과해는 팽무천의 범과 같은 눈빛에 잔뜩 얼어붙어 어떻게 해야겠다는 생각도 하지 못했다.

"그, 그것이……."

"과해. 내 어렸을 적부터 너를 보아왔고, 그때마다 오만방자하여 버릇이 없다는 것은 알고 있었지만 이 정도일 줄은 몰랐다. 그래, 네 녀석 눈에는 사파의 인물과 강호공적 따위와 같이 다니는 내가 마두로 보이겠지. 사람을 그렇게 딱 갈라서 흑백으로 나눌 수 있다는 사실이 나는 대단해 보일 뿐이다."

쿵!

팽무천은 강하게 진각을 즈려밟았다.

그는 분노가 가득 담긴 목소리로 언과해에게, 아니, 이곳 동굴에 있는 모든 이들에게 말했다.

"불나방처럼 사라질 녀석들을 두고 조금이나마 더 살려보겠다며 애를 쓰려 했던 내가 멍청한 녀석이었다! 재청아, 이만 가자."

"예."

단재청 역시 싸늘한 눈빛으로 군웅들을 한 번 쓱 훑어보고는 팽무천의 뒤를 따랐다.

어둠 속으로 사라지는 두 사람을 보며 군웅들은 약속이라도 한 듯이 입을 꾹 다문 채 아무런 말도 잇지 못했다.

언과해는 팽무천과 단재청이 사라진 한참 후에야 몸을 움직일 수 있었다.

털썩, 바닥에 주저앉은 그의 바지 아래로 물기가 스며들며 축축해졌다.

팽무천의 눈빛에 잔뜩 겁을 먹고 실례를 해버린 것이다.

하지만 다른 사람들 역시 언과해의 심정을 몰랐던 것이 아니기에 모른 척, 다른 쪽으로 시선을 돌렸다.

"이대로 있을 작정이십니까?"

고륜이 먼저 정적을 깼다.

"어쩌자는 말이더냐?"

소극 도장이 물었다.

"혹여나 복수를 꿈꾼다거나 하는 것은 아니겠지?"

고륜은 씁쓸하게 저으며 고개를 저었다.

"제가 팽 시주의 분노에 반기를 들 입장이나 되겠습니까? 다만 걱정이 드는 것은 이대로 어찌 이곳을 빠져나가느냐 하는 것입니다. 팽 시주께서도 저희를 버린 판이니… 이제부터는 오로지 우리들의 힘만으로 이곳을 빠져나가야 합니다."

"그렇겠지. 무량수불."

소극 도장은 자리에서 일어나 군웅들을 쭉 훑어보았다.

그들은 모두 하나같이 힘을 잃은 채로 축 늘어진 상태였다.

'생기를 잃은 이들을 이끌고 어찌 무총을 빠져나간단 말인가. 저들 모두가 하나같이 남부럽지 않은 절기를 자랑하는 고수들이건만… 허어, 정말이지 팽 시주의 말대로 천지회라는 암중 세력이 있다면 그들은 정말이지 크게 성공하고도 남음인 것이야.'

소극 도장은 어느새 반 거짓으로 치부했던 천지회에 대한 사항을 자신도 모르는 사이에 거의 기정사실로 받아들이고 있었다.

"무량수불. 비록 팽 시주는 떠났지만, 우리는 우리의 길을 걸어야 하오. 이곳은 일신의 무덤이지, 우리들의 무덤은 아니지 않소? 행여 이곳을 빠져나갈 방도가 있는 시주께서는 말씀을 해주시지요."

방도를 논의하자는 말에 하나둘씩 시선이 한데 모아졌다.

처음에는 머뭇거리는 시선이 강했지만 하나둘씩 의견을 개진하기 시작했다.

공동은 곧 토론장으로 변해 버렸다.

"암벽을 타고 올라가 왔던 길로 다시 되돌아가면 되지 않겠습니까?"

"하지만 부상자들은 저 높은 암벽을 올라가기가 힘듭니다. 큰 상처를 입지 않은 사람들이 몇몇을 등에 업는다 하더라도 이들을 모두 위로 데려가기는 힘들 듯합니다. 그러니 전력에 보탬이 될 수 있는 이들만 선별해서 데려가는 게……."

"하면 이들을 버리자는 것이요?"

"버리자는 것이 아니라 살 수 있는 사람들의 목숨이라도 더 살려보자는 것이지요."

"그 말과 버리자는 말이 무에 다르단 말이오!"

곧 의견은 크게 두 개의 파로 갈리고 말았다.

하나는 도저히 구제할 길이 없는 사람들은 버리자는 쪽과 다른 하나는 숨이 붙어 있다면 그들까지 모두 데려가야 한다는 쪽이었다.

전자는 대개 홀로 온 경우가 많았고, 후자는 동료를 끌고 온 경우였다.

그러니 의견이 하나로 합쳐지기가 힘들었다.

소극 도장은 그 모습들을 보며 더더욱 암담한 마음이 들었다.

팽무천이 도와주겠다고 했을 때의 기회를 발로 뻥 찬 것이 언제라고, 이제 와서 다시 이렇게 의견이 맞지 않을 줄이야.

대체 이런 상태로 어찌 난공불락과도 같은 이 무총을 빠져나간단 말인가?

과연 이들을 이끌고 무사히 무총을 나갈 수 있을지 의문부터 들었다.

그런 소극 도장의 마음을 가장 먼저 읽은 것은 바로 고륜이었다.

쿵!

그는 땅을 강하게 즈려밟았다.

팽무천이나 단재청만큼은 아니지만 꽤나 중후한 공력 때문인지 미약하게나마 공동 전체가 위아래로 흔들렸다.

어수선한 분위기에는 직방이었는지, 언제 그랬냐는 듯이 공동 내부는 아주 조용해졌다.

"소극 도장께서 하실 말씀이 있으신 것 같으니, 먼저 듣는

게 어떻겠습니까?"

소극 도장은 청성파의 인물이자, 광명정대하기로 명성이 자자한 사람.

멀리서나마 그를 흠모하는 사람들이 적지 않았고, 어느새 부터인가 생존자들을 통솔하는 사람은 소극 도장이 되어 있었다.

그라면 현명한 판단을 내려줄 터였다.

사람들은 그제야 자신들이 얼마나 부끄러운 짓을 했는지 깨닫고는 얼굴을 붉히며 소극 도장의 말을 기다렸다.

"이곳에 있는 분들 중 부상이 크지 않은 사람들은 중상자를 업고서 움직여야 할 듯하오. 다행히 본도를 비롯한 몇몇 분들이 생각보다 몸이 크게 상하지 않았으니 모실 수 있을 듯하오."

"하면 사망자들의 시체는……?"

"무량수불. 안타깝지만… 산 사람의 목숨이 더욱 중요한 것이 아니겠소."

군웅들 사이에 조용한 적막이 흘렀다.

비록 욕심을 가지고 입동하였으나, 어디까지나 숱한 사선을 건너온 전우(戰友)의 시신을 이리 두고 갈 수밖에 없다는 사실이 마음을 무겁게 만들었다.

부상자들을 놓고 가자는 의견을 내놓았던 사람들마저 그 무거운 분위기를 이기지 못하고 조용히 입을 다물고 있었다.

고륜은 박수를 치며 어두운 분위기를 만회하고자 했다.

"도장께서 하신 말씀이 가장 옳다 여겨지니 그리하는 것이 어떻겠습니까?"

사람들은 하나둘씩 고개를 끄덕였다.

마지막 사람까지 무겁게 동의하자, 사람들은 언제 우왕좌왕거렸냐는 듯이 일사불란하게 움직이기 시작했다.

第五章

소성진

神刀無雙
신도무쌍

펑! 퍼퍼펑!

와르르—

수많은 강기들이 공중으로 튀어 오르며 공간을 수없이 찢어발겼다.

소비연은 오룡위 중 흑룡, 적룡, 황룡을 동시에 상대하면서 수십 번이고 죽음과 삶의 경계선을 건넜다. 자칫 실수로 목이 달아날 뻔한 적까지 합한다면 족히 수백 번은 될 터였다.

그만큼 상대들은 엄청난 강자였다.

'혈강시, 말로만 들었을 뿐인데 이 정도의 힘을 가지고 있을 줄이야……'

삼룡위의 연수합격(聯手合擊)은 정말이지 치밀하고 깨뜨릴 수 없는 철옹성과도 같았다.

까가가강!

적룡은 과모를 능수능란하게 다루며 수십 번이고 찔러왔다.

그 속도가 얼마나 빠르던지 마치 과모 자체가 공간에 녹아들었다는 착각이 들 정도였다.

특히나 적룡은 과모로 공격보다는 소비연의 발목을 묶는데 집중했다.

소비연이 이동할 것 같은 지점을 먼저 과모로 점해놔 그곳으로 이동할라치면 바로 목을 치는 수를 노리는 것이다.

소비연은 그때마다 분천도를 바짝 끌어올려 과모를 튕겨내며 칠보환천을 밟아 녀석과의 간격을 좁히려 들었다.

창과의 대결에서 중요한 것은 바로 거리, 거리를 좁혀야만 적룡을 상대할 수 있기 때문이었다.

하지만 칠보환천을 밟으려 할 때마다 먼저 간격을 좁혀오는 이가 있었다.

쉭!

카아아아―

흑색 전포를 입은 장대한 체구의 사내가 강하게 땅을 내리누르면서 일권을 뻗어왔다.

소비연은 칠보환천을 밟으려던 생각을 지우고, 곧바로 철판교의 수로 뒤로 몸을 바짝 숙여 공격을 피해냈다.

동시에 몸을 앞쪽으로 비틀면서 분천도를 대각선 방향으로 쳐올렸다.

부우우웅!

파공음과 함께 분천도가 번쩍이는 듯한 착각이 일었다.

흑룡은 현재 강한 일권을 내뻗은 상황이라 몸을 방어하기가 힘든 상황.

제아무리 혈강시의 몸이 단단하다고 하더라도 강기가 밀집된 분천도의 예리한 칼날을 당해내지는 못할 터였다.

하지만,

까앙!

이번에도 분천도의 행진은 보기 좋게 어긋나고 말았다.

분천도를 막은 것, 그것은 바로 황룡의 칼이었다.

싸늘한 표정을 짓고 있는 황룡은 살아 있을 당시에 얼마나 차갑고 말이 없는 사람이었을까 하는 궁금증을 유발하게 만드는 사내였다.

묵묵한 얼굴을 하고서 칼을 휘두르는 그의 모습을 보고 있노라면, '무인'이라는 단어가 저절로 떠올랐다.

소비연은 분천도를 따라 실려오는 묵직한 타격감에 짧게 신음을 흘렸다.

'만약 진짜 살아 있는 생명이었더라면 신화경에 못지않은 고수였을 것이다. 어쩌면 나보다 강한 고수였을지도……'

하지만 그 생각은 곧 머릿속에서 사라졌다.

혈강시가 제아무리 '생각'이라는 것을 할 수 있는 강시라 할지라도 결국 생명이 없는 몸.

녀석들이 강할 수 있는 이유는 깨달음이 아닌, 백수십 년간 쌓여온 막강한 내공 때문이었다.

그리고 소비연은 내공에 관한 한 절대 남에게 뒤지지 않았다.

신화경의 경지가 대단하다 여겨지는 것은 바로 자연의 기운을 마음대로 다루기 때문이 아닌가!

'이자들에 대한 판단은 끝났다. 이제는 더 이상 밀리지 않아.'

그때부터 반격이 시작되었다.

휘리릭!

소비연은 몸을 세차게 돌며 강기를 토해냈다.

쉬시시식!

분천도의 예리한 칼날에서 수십 개의 초승달 모양의 강기가 사방으로 비산했다.

수십 개의 화편월은 삼룡위의 몸 위로 떨어져 수많은 폭발을 일으켰다.

따다다다당!

쿠쿵, 콰르르!

소비연은 곧바로 분천도를 손에서 놓아 어도술(御刀術)의 수법을 이용해 적룡이 있는 곳으로 날리고는, 자신은 다른 방향에 있는 흑룡에게 달려들었다.

까가가강!

양의심공을 따라 분천도는 모래 안개를 헤집고 들어가 적룡의 머리를 노렸다.

적룡은 재빨리 과모를 들어 올려 분천도의 공격을 튕겨냈으나, 분천도는 멀리 날아가지 않고 다시 녀석에게 쇄도해 들었다.

분천도의 움직임이 얼마나 신출귀몰(神出鬼沒)하고 예리한지, 빠른 속도를 자랑하는 적룡의 과모가 그 속도를 따라가지 못할 정도였다.

퍼퍼펑!

결국 적룡은 분천도의 강력한 도력을 제대로 감당하지 못해 방어에 치중해야 했다.

그때, 소비연은 흑룡과 대면하고 있었다.

불과 찰나의 시간에 불과했지만, 그들은 수많은 권격을 서로 주거니 받거니 했다.

비록 도를 주로 사용하지만 소비연은 십팔반병기에 두루 능통했다.

그 때문에 기병(奇兵)에 속하는 쇠사슬도 자유자재로 다룰 수 있었다.

지금 소비연이 펼치고 있는 것은 나락권(奈落拳)이란 수법이었다.

나락(奈落)이라는 이름에 걸맞게 초식 하나하나가 잔인하고 악랄하기 짝이 없는 수로 이루어져 있었다.

소비연은 일전의 이패와의 싸움을 통해 얻었던 심득을 통해 나락권을 초식에 구애받지 않고 펼쳐 냈다.

쿠쿠쿠쿠쿠!

소비연의 손이 한 번씩 번쩍일 때마다 흑룡의 몸은 연신 뒤로 튕겨졌다.

소비연은 그때마다 칠보환천을 계속 밟으며 집요하게 따라붙었다.

쿵!

소비연의 당수(當手)가 흑룡의 공격을 파훼했다.

소비연은 기회를 놓칠세라 강하게 땅을 밟아 일권을 강하게 내뻗었다.

암경일격, 이패의 암황포와 비슷하지만 묘하게 다른 느낌을 주는 일격이었다.

퍼펑!

일권은 이를 막고자 하는 흑룡의 왼팔을 간단히 분지르고 들어가 복부에 틀어박혔다.

"……!"

흑룡은 충격파를 이겨내지 못하고 상체를 앞으로 숙였다.

'느낌이 있었다!'

분명 그의 주먹에 무언가가 부서지는 느낌이 있었다.

아마 갈비뼈가 날아갔으리라.

소비연은 지금이야말로 흑룡의 목을 날릴 수 있는 절호의 기회라는 것을 알아챌 수 있었다.

콰아아아!

다시 한 번 소비연의 기력이 터져 나왔다. 그의 몸뚱어리 위로 거대한 화염이 치솟았다.

하지만 소비연은 한 가지 잊은 사실이 있었다.

자신이 상대했던 녀석들의 숫자는 모두 셋, 아니, 수백이라는 것을……

파아아아!

사방에서 조여오는 살기!

'아차!'

흑룡과 적룡, 그리고 간간이 황룡의 움직임을 확인하느라 잊고 있었다.

이 주위는 모두 생강시뿐이라는 사실을 말이다.

천지팔방을 모두 좁혀오는 살기들.

이대로 몸을 날린다면 흑룡의 목을 부러뜨릴 수 있을지는 모르나, 자칫 자신의 목숨 역시 위험해질 수 있었다.

"제기랄!"

소비연은 적룡을 향해 손을 뻗었다.

그러자 분천도가 공간을 격하고 돌아왔다.

소비연은 그대로 분천도를 수없이 휘둘러 열권풍을 연신 토해냈다.

콰콰콰콰!

땅에서부터 동굴 천장까지 솟아오른 불기둥은 벽이 되어 강시들의 공격을 무효화시켰다.

일종의 그를 보호하는 철벽이랄까.

다만, 철벽과 다른 점이 있다면 철벽이 바깥세상을 단절시 킨다면, 화벽은 안에서 밖으로 통할 수 있다는 점이었다.

파바밧!

분천도는 화벽에 화편월을 수없이 날려댔다.

그러자 불붙은 조각달들은 더 큰 화력을 자랑하며 밖으로 날아가 생강시를 노렸다.

쿠콰콰쾅!

화편월은 생강시의 몸을 어느 한 군데씩은 분지르고 사라 졌다.

상황이 이렇게 되자 생강시는 빠른 속도로 줄어들기 시작 했고, 심안으로 그 상태를 지켜보고 있던 소비연은 더 이상의 방해가 없다 싶을 때에 화벽 바깥으로 몸을 날렸다. 바로 흑 룡이 있는 방향이었다.

분천도는 가볍게 흑룡의 남은 팔마저 으스러뜨리고 나아 가 녀석의 몸 전체를 반으로 쪼개 버렸다.

퍼퍽!

흑룡은 그대로 이등분이 되어 뒤로 나자빠졌다.

그 순간을 노리고 황룡과 적룡이 좌우에서 동시에 달려들었다.

황룡은 위를, 적룡은 아래를.

소비연은 재빨리 가볍게 뛰어 적룡의 과모를 피한 다음에 분천도로 황룡의 도를 튕겨냈다.

채앵!

그러고서는 분천도를 타고 오는 힘의 반동을 이용해 공중에서 한 바퀴 회전하며 위에서 아래로 분천도를 강하게 찍어 눌렀다.

황룡은 재빨리 퇴보를 밟아 그 공격을 피했으나, 적룡은 미처 피하지 못했다.

퍼걱!

분천도는 과모를 간단하게 부러뜨리고 나아가 적룡의 머리까지 분질러 놓았다.

제아무리 최고의 강시라 불리는 혈강시라 하더라도 명령을 수행하는 머리가 부서졌는데 움직일 리가 없다.

적룡은 그대로 흑룡과 마찬가지로 영면(永眠)에 들었다.

"후욱, 후욱."

소비연은 제자리에 서서 황룡에게로 분천도를 겨누었다.

녀석들 하나하나가 바깥세상에 나가면 혈겁을 일으킬 정도로 위험하긴 했으나, 결국 그의 칼날 아래 존재가 사라져 버렸다.

비록 저 황색 무복을 입은 녀석이 다섯 녀석 중에서 가장 강해 보이긴 했으나, 같은 혈강시인 이상 한계가 있을 거라 생각했다.

'한데, 다른 두 녀석을 상대하던 사람들은……'

소비연은 시선을 힐끔 뒤로 돌렸다.

그곳에는 이기어검술로 청룡을 상대하고 있는 젊은이 감패와 백룡과 손속을 겨루는 늙은 중 망아 대사가 있었다.

소비연은 삼룡위와 싸우면서 간간이 심안으로 그들의 싸움을 보았다.

처음에는 오룡위에게 밀리는가 싶었지만, 역시나 그들은 입신경에 오른 고수답게 얼마 지나지 않아 승기를 잡아 녀석들을 밀어붙였다.

'역시나 성란육제 중 최고라 불리는 망아 성승답군. 그리고 수검거학 역시……'

그는 본래 진성을 따라 이곳으로 오면서부터 감패와 망아 성승이 자신의 뒤를 쫓아오고 있다는 사실을 알고 있었다.

그럼에도 모른 척했던 것은 진성을 뒤쫓는 데 다른 곳에는 관심을 두기가 어려웠던 탓이었다.

'천우객잔에서 우연히 만난 뒤부터 지금까지, 저들은 왜 나의 뒤를 따라온 것이지?'

감패와 망아 성승에 대한 생각을 할 무렵이었다.

"조심해라! 녀석이 비진(秘眞)을 풀려 한다!"

감패의 목소리가 사위를 갈랐다.

소비연은 그제야 황룡의 기세가 심상치 않다는 것을 알 수 있었다.

온몸을 짓누르는 중압감과 기세.

신화경에 이른 소비연의 등 위로 식은땀마저 흐르게 만들 정도의 살기……

혹여나 선천지기를 폭발시킨 것인가 하고 생각을 가져 봤지만, 생명이 없는 혈강시에게 그런 능력이 있을 리가 만무했다.

그렇다면 남은 것은 하나.

지금 이 기운이야말로 황룡의 진정한 힘이란 뜻이다.

황룡이 내뿜는 기운은 아지랑이가 되어 허공으로 스멀스멀 피어올랐다.

화르륵!

"크르르르."

황룡은 짐승처럼 가래 끓는 음성을 토해냈다.

동시에 백색 불꽃이 녀석의 전신을 휘감기 시작했다.

제법 멀리 떨어진 곳에 위치한 감패와 망아 성승까지 확연히 느낄 수 있을 정도의 열기가 동굴 전체를 가득 메웠다.

화르르르륵!

황룡은 한 발을 앞으로 내디뎠다.

백색 불꽃은 커져 더욱 활활 타올랐다.

소비연은 잠시 멍한 눈길로 황룡을 보았다.

"광염(光焰)……?"

항상 분천도를 휘감던 광염과 같은 힘이 황룡에게서 흘러나오고 있었다.

"백염천룡공!"

감패는 화들짝 놀라 소리를 질렀다.

"일신이 천룡대주에게 백염천룡공을 물려줬던 것인가……."

그의 짧은 탄식도 잠시,

따라라랑!

청룡 관운장도의 공격이 있었다.

청룡은 언월도로 이기어검을 모두 튕겨내 버리고서는 손목을 가볍게 움직여 언월도로 커다란 망을 만들어냈다.

갇혀 버리면 절대 피할 수도, 막아낼 수도 없는 망을.

바로 청룡의 살아생전 그를 상징하던 성명절기, 언월천망(偃月天網)이었다.

닿는 모든 것을 수백 개로 부숴 버리고, 그것이 상대라면 시신조차 온전히 남기지 않아서 사파에서조차 등한시되었던 수법.

천룡대의 삼대주였던 그가 등장하면 항시 적들은 혼비백

산하여 달아나기 일쑤였다.

언월천망은 그것이 단신이든, 다수든 간에 가리지 않고 모조리 베어버렸기 때문이다.

하지만 감패 역시 청룡과 같은 입신경의 고수.

아니, 되레 그보다 더 오랜 생을 산 감패에게 깨달음의 늪은 청룡보다 더 깊었다.

쉬시시식!

감패의 검은 수백 개로 나뉘었다.

어느 것이 진짜이고 가짜인지 구별할 수 없을 정도로 하나하나가 생동감 넘치고 예리한 예기를 자랑했다.

감패의 호신절기, 일천검분영(一千劍分影).

일천 개의 검이 만들어내는 그림자는 언월도가 만들어내는 그물을 갈기갈기 찢어놓았다.

쿠르르!

감패는 곧바로 몸을 날려 공중에서 필혼검을 낚아채고는 빠른 검술로 남은 그물마저 가볍게 헤쳐 내고 청룡과의 간격을 좁혔다.

쿵!

언월도가 이를 막고자 했지만, 감패는 이를 튕겨내지 않고 도리어 바깥쪽으로 흘려 버렸다.

감패는 기다란 언월도의 창신(槍身)을 따라 올라가 언월도의 중앙에 박혀 있는 안쪽 상모를 날려 버렸다.

퍼걱!

동시에 필혼검에서 강기가 발출되었다.

쾅!

청룡은 언월도에서 왼손을 놓고는 쫙 펼쳤다.

장심에서 발출된 장풍은 강기를 튕겨냈다.

감패는 그대로 검을 손에서 놓았다.

이기어검의 묘리에 따라 필혼검은 탄검(彈劍)이 되어 앞으로 쇄도했다.

휙!

청룡은 그 상황에서 감패가 어검술을 펼칠 줄은 꿈에도 깨닫지 못했는지, 필혼검이 목전에 다다라서야 비로소 철판교의 수로 검을 피하고자 했다.

하지만 어검술은 단지 검을 날리기만 하는 비검술과는 비교 자체가 불가능한 상승 공부.

필혼검은 관성의 법칙을 무시하고 공중에서 바로 직각으로 꺾여 아래로 내리꽂혔다.

까앙!

청룡은 몸을 한 바퀴 선회하면서 언월도를 위로 쳐올리는 것으로 공격을 만회하고자 했다.

이번에도 역시나 언월도는 얼마 날아가지 못하고 공중으로 튕겨졌다.

하지만 이런 좋은 기회를 놓칠 감패가 아니었다.

감패는 적수공권(赤手空拳)을 앞으로 내밀었다.

그 동작이 얼마나 자연스러워 보이는지, 마치 살랑대는 바람에 실려 움직이는 것처럼 보일 정도였다.

하나, 그 위력만큼은 절대 그렇지 못했다.

감패의 장심이 청룡의 복부에 틀어박힘과 동시에 무언가가 뒤틀리는 소리가 들렸다.

"크아아아아!"

청룡의 허리가 뒤로 직각으로 꺾였다.

척추가 부러져 버린 듯, 허리를 뒤로 눕힌 모습은 기괴하기가 짝이 없었다.

"이대로 영면에 드시오, 관운장도."

감패는 아래로 떨어지는 필혼검을 낚아채 그대로 아래로 내리찍었다.

퍼걱!

데구르르, 감패의 머리가 땅바닥을 뒹굴었다.

꽤나 질긴 싸움이었다.

이 시대의 최강자, 감패가 목숨의 위협을 느낄 만큼.

보통 때였으면 치열한 격전 후에 숨을 돌릴 법도 하건만, 감패는 여운을 느낄 새도 없이 필혼검을 황룡과 소비연이 있는 곳으로 날렸다.

목표는 황룡이었다.

퍽!

필혼검은 공간을 격하고 날아가 황룡의 미간에 그대로 박혀들었다.

칼끝이 녀석의 뒤통수를 뚫고 나왔다.

두개골과 뇌 자체가 부서져 버린 것이다.

황룡은 마치 시간이 정지라도 한 것처럼 머리를 약간 위로 든 상태 그대로 굳어버렸다.

화르륵!

하지만 황룡의 몸을 둘러싼 광염은 쉽사리 사그러지지 않았다. 아니, 되레 더 크게 활활 타올랐다.

한편, 망아 성승 역시 오룡위의 홍일점인 백룡과의 싸움에 서서히 종지부를 찍어가고 있었다.

쿵! 쿵! 쿵!

망아 성승의 공격은 대부분 무겁고 중후한 소림의 내가권(內家拳)이었다.

특히나 오늘날 망아 오열 대사를 만들었다고 할 수 있는 백보신권(百步神拳)의 위력은 대단했다.

공간의 제약을 많이 받는 일반 권법과는 다르게 백보신권은 말 그대로 '백 보 밖에서도 적을 상대할 수 있는' 무공이었다.

격공을 이용한 망아 성승의 공격은 백룡에게 많이 힘들 수밖에 없었다.

생각해 보라.

제아무리 피하려 해도 그때마다 공간을 격하고 뒤따라오는 적의 공격을.

거리를 수십 장이나 넓히고도 공격이 가능한 기병이 아닌 이상에는 망아 성승을 꺾기란 힘들어 보였다.

하지만 힘든 것은 망아 성승 역시 마찬가지였다.

격공이라는 기술 자체가 상승 공부인 까닭에 공력이 많이 소모되는데다가, 백룡의 공격 역시 백보신권에 못지않게 끈질겼기 때문이다.

'저 검을 막을 방도가 정녕 없단 말인가…….'

망아 성승은 고고한 자세로 서서 그의 빈틈을 찾는 백룡을 보았다.

비단결처럼 얇기 짝이 없는 검이 그녀의 손에 들려 있었다.

때로는 깃발처럼 펄럭이기도 하고 낭창거리기도 하지만 또 때로는 뱀처럼 날카롭게 적을 격살시키는 검, 연검이 바로 백룡의 무기였다.

연검은 유성추, 륜과 함께 다루기가 어려운 기병으로 통한다.

일반 검처럼 뻣뻣하지 않기 때문에 기운을 싣기도 힘들거니와, 휘두르려 해도 나풀나풀거리기 때문에 주인의 뜻대로 움직이지 않을 때가 많은 탓이었다.

하지만 숙달된다면 그 어느 무기보다 든든한 우군이 되었다.

적으로서는 공격이 언제 어느 방향으로 움직일지 판단을 내리기가 힘든데다가, 만약 연검을 다루는 자의 깨달음의 깊이가 깊다면 연검의 끝에 강기까지 실어 더욱 위력적인 검초를 펼칠 수도 있는 까닭이었다.

백룡은 마치 한 몸이라도 된 것처럼 너무나 자유롭게 연검을 다루었다.

마치 팔을 다루듯이, 아주 자유롭게.

신검합일(身劍合一)이라는 지고한 경지인 것이다.

망아 성승이 어쩌면 백룡의 연검을 꺾고 들어가 그녀의 몸에 깃든 사령(邪靈)을 귀천(歸天)시킬 수 있을까 고민하던 찰나였다.

획!

백룡이 먼저 움직임을 시작했다.

그녀가 낭창거리는 연검으로 공격을 감행해 온 것이었다.

'아미타불… 심기막측하여 어디로 움직이는지 도통 알 수가 없구나.'

백룡의 연검은 항시 예측할 수 없는 방향을 점해 공격해 오곤 했다.

예측 자체가 불가능하기 때문에 그때그때마다 직감에 의존해서 상대할 수밖에 없었다.

하지만 심안을 열지 않는 이상 육감도 한계가 있는 법.

깨달음의 깊이가 깊다면 부처가 이루었다는 육신통(六神

通)을 열 수 있었을 테지만 안타깝게도 망아 성승은 아직 그 단계에까지는 이르지 못했다.

하지만 그렇다고 해서 그의 깨달음이 얕다는 것은 결코 아니었다.

누가 뭐라 해도 그는 대마종과 함께 성란육제의 제일이라 칭해지던 사람이다.

사패마저도 그를 무시할 수 없었음이니.

성격이 모난 데가 있는 감패가 자신의 아들 뻘밖에 되지 않는 망아 성승을 인정해 주는 데에는 다 이유가 있는 법이었다.

망아 성승은 가만히 눈을 감았다.

곧 그의 의식은 심연 아래로 침잠했다.

고요함[靜].

그 속에서 망아 성승은 두 눈을 뜨지 않음에도 백룡의 움직임을 머릿속으로 읽었다.

그리고 무언가가 느껴지려는 그때!

'좌측!'

망아 성승의 눈이 번쩍 뜨이면서 그의 기도가 삽시간에 바뀌었다.

반야대능력(般若大能力), 소림이 자랑하는 탕마 무공 중 하나였다.

쾅!

우르르—

망아 성승이 일권을 내밀자 연검이 그 힘을 막아내지 못하고 뒤로 튕겨났다.

백룡의 눈동자가 살짝 흔들렸다.

그녀로서는 최대한의 힘을 다해 펼친 비기 중 하나였던 것이다.

더군다나 연검을 따라 전해오는 기운은 짜릿하기까지 했다.

탕마. 역천의 길을 통해 탄생된 그녀에게는 천적이라 할 수 있는 기운이었다.

바로 그때 감패의 목소리가 쩌렁쩌렁하게 동굴 전체를 뒤흔들었다.

"빨리 처리해라, 땡중! 황룡의 힘이 만만치 않다!"

"알겠소이다. 허허, 한데 그 급한 성미 좀 고치면 안 되겠소이까, 감 시주?"

"시끄러워! 죽기라도 한다면 삼십 년 전에 네가 오계를 깨고 개방의 결취개 녀석과 어울려서 기루에 갔다는 사실을 만천하에 퍼뜨려 줄 테니까!"

"허허! 그것이 언젯적 일이라고 아직도 말씀하시는 겁니까? 하면 저는 감 시주께서 점찍으셨던 아이가 감 시주를 거절하고 저에게 왔다는 사실을 말할 겁니다."

"무슨 땡중이 그리도 말이 많은 게야!"

언쟁에서 밀린 감패가 버럭 소리를 질렀다.

망아 성승은 허허롭게 웃고는, 눈을 잘게 뜨고서 백룡에게 합장을 올렸다.

"아미타불! 연검천화(軟劍天花) 시주, 이제부터 손속에 정을 두지 않겠소이다!"

그 말은 곧 오계 중 하나인 살계를 깨겠다는 의미!

비록 사마의 술수로 탄생된 혈강시이긴 해도 그녀는 스스로 영면을 거부했던 자. 스스로 혈강시가 되길 원했으니 아직까지 그 원념이 살아 있는 것이나 마찬가지였다.

망아 성승은 그것을 깨뜨리겠다고 말하는 것이었다.

무릇 생명이란 태어남이 있으면 죽음도 같이 뒤따르기 마련이다.

하지만 종종 욕망이 너무 짙은 자는 영생을 원하다 좌도방문인 사마의 수로 빠지는 경우가 허다했다.

그런 자들은 대개 조용했던 강호와 평범한 민초들에게 큰 피해를 주곤 했다.

진대의 시황제가 그러했으며, 당조의 태종과 현종 또한 그러했다.

오늘날에 와서는 당대 황제인 가정제 역시 그러하지 않던가!

사이비 도사들에게 둘러싸여 이미 오래전에 맥이 끊겨 버린 연단에 미쳐 버리고, 나라의 정사는 간신배와 환관들에게

던져 버린 무책임한 황제.

그로 인해 지금의 나라는 강호는 물론이고, 일반 백성들까지 살기가 어려워진 형국이었다.

물론 백룡은 그런 자들과는 달랐다.

하지만 그녀 역시 평생토록 일신을 지키고 싶다는 욕망에 젖어 결국 영생을 시도했다.

집념(執念)을 넘어 원념(怨念)이 되고, 결국에는 사념(邪念)이 되어버린 그녀의 혼백.

망아 성승은 그 오랜 세월을 끊어버림으로써 혼백의 오랜 방황에 종지부를 찍어줄 셈이었다.

"사마는 마땅히 본래 있어야 할 곳으로 돌아갈지어다!"

탕마의 힘이 가득 실린 사자후가 쩌렁쩌렁하게 울리자, 백룡의 움직임이 우뚝 멈추었다.

망아 성승은 지체하지 않고 소림의 제일무공이라 할 수 있는 대승범천신공(大乘凡天神功)을 끌어올리며 전력을 다해 다시 한 번 사자후를 터뜨렸다.

"갈(喝)—!"

우르르.

동굴 전체가 다시 한 번 위아래로 흔들렸다.

감패는 왕왕거리는 귀를 가눌 길이 없어 살짝 망아 성승을 노려보았다.

바로 그때,

울컥!

백룡이 피를 토했다.

백수십 년간 피가 굳어 아예 없는 것이나 마찬가지일 그녀가 피를 토한다?

그것은 곧 그녀의 생체 기관이 다시 살아났음을 의미했다.

심장이 다시 뛰고, 오장육부가 제 역할을 다시 시작하여 피가 혈관을 타고 흐르기 때문에 피를 토할 수 있는 것이다.

아니나 다를까.

백룡, 연검천화 백지영의 눈동자에 생기가 깃들었다.

그녀는 흔들리는 눈동자를 하고서 망아 성승이 아닌 다른 방향—망아 성승과 감패는 모르고 있었지만 일신이 누워 있는 십관이 있는 쪽—을 바라보며 입을 열었다. 파르르, 그녀의 입은 바람에 흩날리는 버들나무 잎처럼 살짝 떨렸다.

"영… 원히… 당신을 지키… 고 싶었……."

백룡은 그 말을 끝으로 고개를 떨어뜨렸다.

그리고,

파아아아—

동굴 통로 쪽에서 불어오는 바람에 파묻히더니 곧 산산이 부서져 가루가 되어 공중에 흩날렸다.

그 모습이 얼마나 아름답고 묘했던지, 마치 그녀가 살아생전 얻었던 별호인 천화(天花), 즉 하늘의 꽃인 눈을 보는 것 같았다.

"아미타불… 일신 시주께서도 백 시주가 당신이 있는 곳으로 어서 오길 기다리고 계실 것입니다. 부디 극락왕생하시길."

비록 말은 그렇게 하였으나, 망아 성승은 잘 알고 있었다.

역천의 길에 발을 들인 자는 반드시 죽어서 그 영혼이 편한 곳에 가지 못한다는 사실을.

하지만 그럼에도 그렇게 말하는 것은 죽기 직전 생기가 돌아왔던 백룡의 눈빛에 어린 슬픔을 읽었기 때문이다.

누군가를 사랑하는 사람만이 가질 수 있는 눈빛.

'지키고 싶다'가 아닌 '옆에 있고 싶다'라는 그 눈빛이 망아 성승의 가슴을 아프게 만들었다.

"후욱, 후욱."

망아 성승은 땅에 살짝 주저앉으며 숨을 가쁘게 내쉬었다.

방금 전의 사자후는 그로서도 많은 공력과 심력을 소모케 한 무공이었다.

탕마의 힘을 적에게 주입시켜 격살시키는, 이른바 심검의 연장선이었기에.

제아무리 망아 성승이라도 힘든 것은 힘든 것이었다.

"땡중, 괜찮으냐?"

감패가 나지막한 목소리로 물어왔다.

망아 성승은 무겁게 고개를 끄덕였다.

"죽지 않고 되레 젊어져 버린 괴물을 상대할 정도는 될 것 같습니다그려."

"농담을 할 정도니 버틸 만한 가보군."

망아 성승은 쓰게 웃으며 고개를 절레절레 흔들었다.

"몸이 좋지 않더라도 지금은 무조건 끼어들어야 할 싸움이 아닙니까?"

"그렇지. 나로서도 도저히 상대하기가 힘들 듯하니…….
아니, 오히려 월등히 넘어서는군. 죽어도 죽은 것이 아닌 이 매망량 나부랭이 따위에게 이 감패가 두려움을 느낄 정도니."

감패는 주먹을 쥐락펴락 반복했다.

망아 성승은 감패의 손이 식은땀에 절어 있고, 유난히 허리가 뻣뻣하다는 것을 알 수 있었다.

정말 농이 아니었다.

고천사패 중 일인인 감패, 수검거학이 두려움을 느끼고 있다는 사실은.

공포라는 감각을 심어주고 있는 것이다.

그 상대는 바로 황룡이었다.

화르륵!

녀석의 몸을 둘러싼 흰색 불꽃이 더욱 크게 타올랐다.

분명 감패가 필혼검을 녀석의 미간에 박아넣었음에도 불구하고 사기를 뿜어내고 있었다.

이에 감패는 아예 녀석의 목을 분질러 버리기 위해 어검술을 이용해 필혼검을 뽑고자 했지만 도저히 말을 듣지 않았다.

검과 연결된 심령을 무언가가 방해한다고 해야 할까.

이기어검에 방해를 줄 정도로 녀석의 사기는 강렬했다.

직접 손으로 필혼검을 뽑으려 해도, 황룡이 뿜어내는 백색 불꽃의 열기가 감패의 접근을 방해했다.

감패가 팔괘공에서 얻어낸 속성은 감(坎), 즉 수(水)다.

오행의 법칙에 따라 물은 불을 이기는 법[水克火]이다.

하지만 때로는 불꽃이 물을 이길 수도 있다.

비가 오지 않고 뜨거운 태양만 내리쬔다면 대지는 가뭄에 들 것이고, 끓는 물은 끝내 증발해서 존재가 사라지는 법이다.

지금이 바로 그런 때였다.

황룡의 열기가 너무나 대단했다.

감패의 감수진기(坎水眞氣)가 제아무리 모든 불을 억누르는 성질을 가지고 있다 하더라도 황룡의 열기를 이길 정도는 아니었다.

"백염천룡공, 역시나 듣던 것처럼 대단하군."

천룡이라는 단어를 너무나 좋아해 자신의 무공에까지 그 이름을 붙였다는 일신의 기행. 그렇게 탄생한 것이 바로 일신공의 성명절기에 붙은 이름의 유래였다.

그리고 백염천룡공은 바로 일신 무공 정점(頂点)의 정식 명칭이었다.

하지만 그 이름을 알고 있는 사람은 거의 없다.

그저 단순히 천룡공이라고만 알고 있을 뿐.

감패 역시 백염천룡공이라는 이름을 알게 된 것은 이십 년 전에 절강에서 벌어진 한 가지 사건 때문이었다.

'소가장의 혈사… 백염천룡공은 그때 강호에서 사라진 것이 분명하다. 한데……'

감패는 힐끗 소비연이 있는 곳을 훔쳐보았다.

황룡을 보면서 전의를 가다듬고 있는 자.

분명 백염도라는 별호를 쓰고 있었겠다?

그리고 녀석은 정말로 백염을 사용했다.

소가장의 후예만이 사용할 수 있는 백염의 힘을.

일신의 진정한 힘이라 일컬어지는 백염을 말이다!

백염도 소비연이 차갑게 가라앉은 목소리로 물었다.

"하나만 묻겠소."

"그러게나."

"광염… 아니, 백염은 일신의 무공이오?"

"정확하게는 백염천룡공이지. 하지만 당대에 그 사실을 아는 사람은 거의 없다. 일신이 가진 무공의 정화라 할 수 있는 백염은 그가 생사대적을 맞이했을 때를 제외하고는 단 한 번도 펼치지 않았으니까. 그가 백염을 펼쳤을 때에 그걸 본 사람은 무조건 죽었다."

"그렇구려. 백염은… 천룡의 힘이었구려."

소비연은 가만히 눈을 감았다.

짧은 상념이 그의 머리를 휘젓고 지나갔다.

문득 그런 생각이 들었다.

당대에 백염을 습득한 자신이 본래 백염의 주인이라 할 수 있는 일신의 무덤에 온 것은 절대 우연이 아니란 사실을.

누군가가 마치 뒤에서 일부러 조작하여 자신을 이곳으로 끌어들인 것 같았다.

너는 일신의 후예다. 백염천룡공이 기술되어 있던 무양총론이 소가장에 있었던 것은 절대 우연이 아니었다.

가문에 돌아왔던 숙부와 그날 가문을 찾아왔던 혈겁.

가문의 업(業)이라는 것, 숙부가 이루고자 했다는 것…….

그 모두가 찰나간 머릿속으로 떠올랐다가 사그라들었다.

그러다 문득 누군가가 떠올랐다.

진성.

그러면 알고 있지 않을까?

자신을 이곳으로 끌어들인 그러면 자신의 머릿속에 가득 찬 이 모든 의문들을 모두 풀어주지 않을까?

그렇게 고민에 빠져 있길 잠시.

소비연은 곧 다시 눈을 떴다.

그의 상념은 모두 끝났다.

'이들을 모두 뚫고 지나가 진성을 만난다. 그리고 묻는다, 녀석이 원하는 것이 무엇인지! 천지회, 그들이 바로 가문에서 벌어졌던 그날의 혈겁과 관련이 있는지 또한!

팟!

소비연은 궁신탄영의 수를 이용해 황룡에게 쇄도했다.

녀석이 뿜어내는 백염 따위야 화륜심결을 완성한 그에게
는 별다른 해가 되지 못했다.

황룡이 미간에 검을 꽂은 채로 행동이 정지되어 있는 지도
벌써 반 각에 다다랐다.

여태껏 움직임 하나 없다는 것은 이미 그 기능이 모두 정지
되었다는 뜻!

모가지만 날리면 될 터였다.

휙!

분천도가 섬광이 되어 황룡의 목을 날리려는 찰나,

깡!

무언가가 갑작스레 나타나 분천도를 튕겨냈다.

"…진성?"

소비연의 눈앞으로 진성이 엷은 미소를 띠며 웃고 있었다.

"오룡위라면 너를 십관까지 이끌어줄 거라고 생각했는데.
정말이지 많이 강해졌군그래, 비연."

"닥쳐!"

까가가강!

분노에 차 능광도섬을 수없이 전개했지만 그때마다 진성
의 검격에 힘없이 튕겨나야 했다.

진성은 소비연과 간격을 떨어뜨린 채로 입을 열었다.

"일단 싸우기 전에 먼저 내 소개부터 하지. 나의 이름은 소성진. 신마맥의 주인이며, 천지회의 일공자이다. 달리는 일신의 후예로서 이들 천룡대의 주인이기도 하다."

진성의 얼굴이 기괴한 방향으로 일그러지더니 이내 곧 다른 모양으로 변했다.

진성이 다른 모습을 갖추는 순간, 소비연의 몸이 얼음처럼 굳어졌다.

진성의 새로운 얼굴, 저것은…….

진성이 소비연을 보며 싱긋 미소를 지어 보였다.

"이 얼굴로 인사한 것은 이십 년 만인가? 나의 사촌, 비연이여."

第六章

진실

神刀無雙
신도무쌍

그것은 어렸을 적의 일이었다.

"난 언젠가 저 바다를 건너고 말 테야."

한 소년이 떠오른다.
소극적이고 남과 어울리지 못하던 나에게 유일하게 손을 뻗어주었던 아이.
그 아이는 항시 한마디를 입에 담았다.
언젠가는 그 머릿속에 있는 꿈을 이루고 말겠노라고.
그리고 자신과 함께 가지 않겠냐고 물었다.

"좋아, 비연! 너는 내가 특별히 조수로 삼아서 데려가 주겠어! 거기에 깃발을 꽂아서 우리의 왕국을 세우는 거야!"

떠오른다.

어느 날 가문을 엄습했던 겁난.

그 속에서 겨우 목숨을 부지해야 했던 한(限).

하지만 소비연을 가장 슬프게 했던 것은 가족들과 뿔뿔이 흩어져야 했다는 것이었다.

사촌이자 친구들이었던 녀석들…….

그중 나에게 손을 뻗어주었던 녀석은 정말이지 나에게는 없어서는 안 될 쌍둥이와도 같은 이였다.

형이자 동생이었고, 또한 친구이기도 했던… 세상에서 가장 소중한 존재.

소성진.

그것이 바로 녀석의 이름이었다.

*   *   *

소비연은 인상을 와락 일그러뜨렸다.

"대체 무슨 개수작이지?"

진성과 대면했을 때에 보여주었던 여유로운 모습 따윈 사라진 지 오래였다.

지금 그의 머리는 엉킨 실타래처럼 어지럽기 짝이 없었다.

나를 나락으로 떨어뜨렸던 녀석이, 지옥 끝까지라도 쫓아가 목을 베어버리겠다고 다짐했던 상대가, 내가 겪었던 고통그 이상의 것을 보여주겠노라고 했던 녀석이… 소성진, 장난기 많던 그 아이라고?

차라리 믿을 수 있는 것을 믿으라고 해라!

소비연은 몸을 부르르 떨었다.

그의 머릿속은 오로지 분노로 점철되었다.

"진성… 삼 년 전에도 그렇고, 지금도 그렇고… 너는 여전히 나를 놀리려 드는구나. 하지만 내가 너의 그 수작에 놀아날 줄 아느냐!"

팟!

소비연은 땅을 강하게 박찼다.

그의 신형이 길게 늘어나는가 싶더니, 백색 광채가 칼끝에서부터 터져 나왔다.

진성은 여유롭게 애검 무영을 뽑아 들고서 일전에 펼쳐 냈던 천지신검결을 내보였다.

천지회가 보유한 절대무경 중 하나인 천지신검결!

퍼펑!

신화경에 오른 두 고수의 충돌에 걸맞게 강기가 빚어내는충돌은 상상을 초월했다.

소비연은 시야를 가리는 백색 광염을 뚫고 들어가 능광도섬을 펼쳤다.

쉬시시시식!

공중을 내긋는 수백 개의 현란한 검초!

대기를 찢어발기는 매서운 파공음에 맞춰 무영검도 뒤지지 않고 분천도를 따라붙었다.

퍼퍼퍼펑!

보통 강기란 기운이 밀집되어 유형화된 형태를 의미한다. 하지만 신화경에 오른 고수들에게 있어 강기란 보통 강기를 압축시켜 놓은 압밀강기(壓密罡氣)였다.

당연히 그 위력은 일반 고수들의 강기와 비교할 바가 되지 못했다.

보통 강기가 만들어내는 폭발력만으로도 대단한데, 압밀강기가 만들어내는 폭발력이라면?

분천도와 무영검은 수없이 부딪치면서도 그 흔한 쇳소리 한 번 내지 않았다.

이미 병기 자체가 압밀강기로 둘러싸여 있어 쇠와 쇠가 부딪칠 일이 없는 탓이었다.

대신에 두 병기의 충돌은 항시 커다란 폭발을 낳았다.

감패는 몸을 뒤덮는 후끈한 열기에 눈을 제대로 뜨지 못했다.

감수진기를 있는 대로 끌어올려 안력을 돋워야지만 겨우

두 청년의 대결을 지켜볼 수 있을 정도였다.

둘의 대결을 지켜 본 감패의 감상평은 간단했다.

"…숫제 괴물들이로군."

자존심이 하늘에 닿은 감패가 그리 논한다?

만약 일반 호사가들이 본다면 경악을 내지를 일이었다.

"제아무리 장강후랑추전랑이라 한다지만… 하핫! 나는 여태껏 되지도 않는 하늘만을 보고 있었던 것인가?"

그것은 탄식이었다.

오랫동안 호적수가 나타나지 않아 이제 이 강호에는 상대가 없을 거라 생각했는데……

멀지 않은 곳에 그보다 뛰어난 이들이 있었다.

"어찌하여 하늘은 저리도 무서운 분들을 내주신 것인지 모르겠습니다. 아미타불."

"땡중, 너도 보이는 것이냐?"

"허허! 대충은 보이오이다."

"어떤 것 같으냐?"

"무섭소이다."

"역시나… 너도 마찬가지였어. 불도를 닦는 너도 결국 다르지 않다는 것인가."

망아 성승은 고개를 절레절레 흔들었다.

"소승이 무섭다고 한 것은 그런 뜻이 아닙니다."

"그러면?"

"저들이 강호에 나간다면 어찌 될까 하는 생각이 들었습니다."

망아 성승의 눈동자 위로 기광이 살짝 번뜩였다.

"이곳에 들면서부터 느낀 것이었습니다만, 저 시주분들에게는 항시 망자와 사자들이 뒤따르고 있습니다. 저분들이 세상으로 나서게 된다면… 그때는 이 세상이 아수라장으로 변할 것 같습니다."

"그… 정도인가?"

감패는 얕게 중얼거렸다.

그 역시 깨달음의 깊이가 깊어서 그런지, 아니면 나이가 지긋해서인지는 몰라도 천기라는 것을 눈대중으로나마 읽을 수 있었다.

분명 조만간 이 강호는 커다란 태풍에 휩쓸릴 징조를 보이고 있었다.

정마대전과는 비교도 할 수 없는 태풍이.

하면 저들이 바로 그 태풍을 일으킬 자들이란 뜻일까?

'알 수가 없군.'

감패는 작게 한숨을 내쉬었다.

망아 성승의 말대로 저들이 강호를 혼란으로 몰아넣을 이들이라 하더라도 지금의 그로서는 어찌 막아낼 힘이 없는 탓이었다.

무려 신화경의 고수다, 신화경의 고수.

천마나 일신 같은 괴물들이나 밟았다는 지고한 경지.

어쩌면 건패마저도 닿지 못했을지도 모르는…….

감패와 망아 성승이 전력을 다해 덤빈다 하여도 저들 중 한 명을 제대로 상대할 수 있을지 의문이었다.

더군다나,

'저들은 제 입으로 스스로 소가장의 후예라 하지 않았던 가…….'

이십 년 전, 절강에 있었던 사건이 왜 자꾸 떠오르는 것인지.

그때 모두 없어졌다고 생각했던 소가장의 후예가 다시 나타났다는 사실은 그로 하여금 부들부들 떨리게 만들었다.

비록 그는 그날의 일에 직접적으로 동참하지는 않았으나, 간접적으로는 어느 정도 연관이 있었다.

'결국 하늘은 우리들이 오래전에 뿌렸던 씨앗을 다시 거둬 가라고 하시는구나.'

암담한 마음이 일었다.

끼이이익!

그때 기이한 울음소리가 감패의 상념을 깨뜨렸다.

진성은 무영검을 아래로 늘어뜨려 칼끝을 바닥에 닿게 하고는 달렸다. 감패가 들었던 기이한 울음소리란 무영검이 바닥을 긁는 소리였던 것이다.

무영검의 예기가 얼마나 대단한지 우둘투둘한 바닥이 별

다른 저항도 하지 못하고 기다란 칼자국을 낼 정도였다.

진성이 순간 무영검을 위로 들어 올려 소비연의 왼쪽 어깨를 노렸다.

대각선 방향으로 그어지는 무영검을 향해 소비연은 몸을 비틀며 분천도를 가로 방향으로 휘둘렀다.

까앙!

분천도가 한 번 튕겨 나가고 그 뒤를 무영검이 따랐다.

파바방!

천지회를 상징하는 무공이라 한 천지신검결은 그야말로 변화와 투로가 다양한 무공이었다.

거기다 일반 검은 담아낼 수 없는 상상 이상의 속도를 담고 있어서 공간이 찢어진다는 착각까지 느껴질 정도였다.

쿵!

짧은 폭발.

진성은 무영검을 다시금 위로 쳐올렸다.

챙캉! 하는 소리와 함께 분천도는 소비연의 손을 떠나 위쪽 석벽에 박혔다.

소비연은 피가 뚝뚝 흘러내리는 우수의 혈을 눌러 지혈시켰다.

무영검은 어느새 그의 목젖 앞에 놓여 있었다.

"많이 강해진 것 같다만, 아직 멀었어."

"……."

소비연은 표정을 굳힌 채 아무 말도 잇지 못했다.

원수에게 진다는 것, 상상이나 해봤을까?

모든 것을 잃고 무간뇌옥에 갇혔을 때에, 이제는 포기하고 싶다는 생각을 가졌을 때에 그를 일으키게 만든 것은 바로 원수를 갚고 말겠다는 집념이었다.

그리고 이제는 그 누구에게도 지지 않을 만큼 강해졌다.

한데…….

졌다고?

원수 따위에게?

그러나 진성은 소비연의 생각 따위는 아는지 모르는지 자신이 할 말만을 쏟아낼 뿐이었다.

"이제는 내 말을 들어줄 텐가?"

"…마음대로 해라."

소비연은 녀석과 칼을 맞댔을 때부터 느꼈다.

자신은 어떻게 해도 진성을 이기지 못한다는 사실을. 지금까지 대등하게나마 손속을 겨룰 수 있었던 것은 진성이 봐주었기 때문이지, 자신이 강해졌기 때문이 아니었다.

그런 녀석이 자신의 목숨을 거두지 않는다는 것은 무언가 할 얘기가 있다는 뜻.

비연은 칼을 아래로 내렸다. 하지만 경계심을 잊지는 않았다.

"어디서부터 말해야 할지 모르겠군. 여하튼 말했듯이 나의

이름은 진성이 아니다. 성진. 그것이 내 이름이다. 정녕 나를 기억하지 못하겠나, 비연?'

소성진이라는 이름.

분명 진성이란 이름은 성진이라는 단어를 뒤집은 것일 터였다.

지금 진성의 얼굴 역시 그러하다.

처음에는 역용술인가 싶었지만 얼마 지나지 않아 깨달을 수 있었다.

진성의 얼굴이 가짜이고, 지금 얼굴이 진짜라는 것을 말이다.

진성은 무려 십수 년이라는 세월을 역용으로 살아왔던 것이다.

마교라는 거대 단체를 속이기 위해서.

"네가 무간뇌옥에 갇혀 염도시고에게 무공을 익힌 이유, 삼 년 후에 네가 나를 쫓아 강호행을 시작하고 숱한 분란을 일으켜 천지회의 음모를 하나하나씩 분쇄했던 것. 그것들 모두가 내가 너를 위해 짜놓은 일들이었다. 이십 년 전, 우리 가문을 혈겁으로 몰아넣었던 천지회를 부숴 버리기 위해서."

"……!"

소비연의 눈동자가 흔들렸다.

자신이 걸어온 길 모두가… 부정당하고 있었다.

"그렇다. 모든 것은 가문이 멸문하던 날, 이십 년 전 그때부터 시작되었다."

*　　　*　　　*

육관의 생존자들은 일신무총을 벗어나기 위해 절벽을 오르기 시작했다.

그나마 덜 다친 사람들이 부상자들을 등에 업고서 올랐다.

하지만 대부분이 실족하여 사지 중 어느 한 군데가 편치 못한 부상자들이었기에 그들을 나르는 데에는 많은 어려움이 뒤따랐다.

개중 진짜 얼마 지나지 않아 목숨을 부지하기 힘들 것 같은 중상자들은 어쩔 수 없이 고통을 덜어주는 방법을 택했다.

그렇게 하자 생존자는 모두 사백십이 명이 되었다.

개중 부상자는 모두 삼백여 명.

제 힘으로 절벽을 끝까지 오를 수 있는 이들은 단 스무 명밖에 되지 않았다.

하지만 그들도 대부분 체력적으로나 심적으로나 지쳐 버린 상황이었기 때문에 절벽을 오르는 작업은 더딜 수밖에 없었다.

"조심해서 오르십시오! 이곳에서 떨어지면 벽호공을 펼치시는 분이나, 등에 업히시는 분이나 모두 목숨을 부지하기 힘듭니다!"

고륜은 사람들이 다치지 않도록 위에서 지휘를 했다.

오르다가 지쳐 버린 이들을 구조하는 작업도 겸했기 때문에 실질적으로 가장 피곤한 것은 바로 고륜이었다.

하지만 연신 소리를 지르고 사람들을 구하는 그의 모습에서는 힘든 기미가 일체 보이지 않았다.

되레 더 많은 사람을 구해야 한다는 사명감이 두 눈에 심어져 있어 바삐 움직일 따름이었다.

"제 손을 잡으십시오!"

마침 거의 절벽 끝까지 올라온 이들이 있었다.

바로 강호에서도 협객으로 유명한 금면의협(金面義俠) 이일립과 날수랑중(辣手娘中)이었다.

날수랑중은 강서 일대에서 제법 유명한 여자 고수였는데, 안타깝게도 앞으로는 날수랑중이라는 별호를 유지하기가 힘들어 보였다. 실족을 하면서 오른손이 완전히 부러져 치료를 한다 하더라도 전처럼 현란한 수공을 보이기가 힘들어 보였기 때문이다.

하지만 그녀의 얼굴에는 이제 살 수 있다는 희망감이 어려 있었다.

특히나 금면의협과의 만남은 그녀에게 오른손 못지않게 소중했다. 그들은 사선을 같이 넘나들면서 어느새 사랑하는 연인 사이로 발전한 관계였다.

금면의협이 여태껏 절벽 위로 데려다 준 사람의 숫자만 해도 벌써 열한 명.

그가 크게 다치지 않는 사람 중 한 명이라고는 하지만 충분히 힘들 법했다.

상상해 보라, 장장 몇십 장이나 되는 절벽을 열 번이나 왕복하는 것을.

강호에 내로라하는 내가고수라 하여도 힘든 것은 당연했다.

그 때문에 고륜은 금면의협의 고충을 조금이라도 덜어주기 위해 날수낭중에게 손을 뻗었다.

날수낭중은 고륜의 마음을 읽고 그의 손을 잡고자 했다.

하지만 그녀는 잠시 자신의 오른팔이 성치 못하다는 사실을 잊어버렸다.

"어……?"

날수낭중의 왼팔이 고륜의 손 위를 지나 허공을 갈랐다. 그리고 잃어버리는 균형.

"꺄아아악!"

"회 매!"

거기다 다리의 힘까지 풀려 날수낭중의 몸이 아래로 향해 버렸다.

날수낭중의 몸이 빠른 속도로 추락하기 시작했다.

금면의협과 고륜이 재빨리 그녀를 잡기 위해 손을 뻗으려 했지만 이미 그녀는 밑으로 사라져 버린 뒤였다.

까마득한 무저갱.

그곳으로 추락해 버린 그녀…….

"희 매애애애애!"

금면의협은 순간 이성을 잃고 날수낭중의 뒤를 따라 떨어지려 했다.

고륜은 재빨리 그를 잡아 진정시켰다.

날수낭중을 놓쳤다고 해서 그까지 이대로 보낼 수는 없는 노릇이었다.

하지만 금면의협의 눈동자는 이미 뒤집혀 버려 고륜의 만류 따위는 무시해 버렸다.

"이러시면 안 됩니다, 이 대협!"

"닥쳐라! 네가 뭘 안다고 나서는 게야! 그녀가 떨어졌다! 희 매가 떨어졌단 말이다!!"

연신 아래로 떨어지려는 금면의협과 그런 그를 말리는 고륜.

절벽 위에서 휴식을 취하고 있던 사람들은 차마 그들을 보지 못하고 고개를 옆으로 돌렸다.

절벽으로 올라오면서 금면의협처럼 연인과 가족을 잃은 사람들이 몇몇 있던 탓이었다.

대부분이 올라오다가 체력이 많이 소진되자, 등에 업힌 사람이 상대를 구하기 위해 자기 스스로 손을 놓아버리는 경우였다.

지금은 비록 실수로 기인된 것이긴 해도 결국 결과는 똑같았기에 섣불리 나설 수 없었다.

　동정심에 위안이라도 하였다가는 자칫 그 분노를 자신이 뒤집어쓸 수 있었다.

　"으아아아아!"

　금면의협은 결국 고륜에 의해 절벽 위로 끌려왔다.

　그는 머리를 감싸 쥐며 고통에 몸부림쳤다.

　바로 그때였다.

　"괜찮아요, 일 랑?"

　날수랑중의 목소리가 들렸다.

　금면의협은 자신이 환청을 듣고 있다고 착각했다.

　"희 매… 당신을 지켜주지 못해 미안하오. 그대는 나를 미워할 수 있음에도 끝까지 나를 원망하지 않는구려."

　"일 랑, 정신 차려요."

　"희 매……!"

　"제가 보이죠? 저는 살아 있어요."

　"그대의 목소리뿐만 아니라 이제는 그대의 모습까지 보이는구려."

　짝!

　금면의협의 눈동자 위로 별이 살짝 떠올랐다.

　그의 두 눈에는 정말 아래로 추락한 날수낭중이 서 있었다.

　"희 매?"

"그래요. 나예요, 일 랑."

"무사했구려!"

금면의협은 날수낭중을 와락 껴안았다.

날수낭중은 '어머!' 깜짝 놀라 소리쳤지만, 금면의협은 개의치 않고 그녀를 더욱 끌어안았다. 죽었다고 생각한 사람이 살아 있으니 어찌 기쁘지 않을 수 있을까.

"다른 사람들이 보잖아요. 이만 풀어주세요."

"험험, 미안하오."

금면의협은 한참 후에야 그녀를 품에서 놓아주었다.

"한데 어떻게……?"

"어떻게 살 수 있냐는 뜻이지요?"

금면의협은 고개를 끄덕였다.

"이분이 구해주셨어요."

금면의협은 그제야 뚱한 표정으로 자신과 날수낭중을 바라보고 있는 사내를 발견할 수 있었다.

부리부리한 덩치에 험상궂은 얼굴을 한—딱 산적에 잘 어울리는—사내였다.

"녹림왕……?"

"이제야 날 발견하셨수?"

그는 바로 팽무천과 함께 떠나 버렸던 녹림왕 단재청이었다.

단재청은 추락하는 날수낭중을 공중에서 구해내 위쪽까지

올라온 것이었다.

금면의협은 녹림왕이 왜 자신의 연인을 구해주었는지는 알지 못했지만 고마워하는 마음을 숨기지 않았다.

"고맙소이다! 정말 고맙소이다!"

제일협객이라 불리는 금면의협이 사파의 거두 녹림왕의 손을 잡고 고맙다는 말을 한다.

지금 그에게 정사마의 경계 따위는 아무래도 좋다는 뜻이리라.

"헛험, 그 정도야, 뭐. 같은 강호 동도로서 당연한 일을 한 것일 뿐이지 않겠소. 크하하하핫!"

단재청은 크게 웃어젖혔다.

바로 그때에 절벽 아래로부터 무언가가 치솟더니 땅에 착지했다.

팽무천이었다.

그는 한 팔에 각각 한 사람씩을 데리고 있었는데, 척 보기에도 안색이 좋지 않은 것이, 중상자임에 분명해 보였다. 생존자들마저 언제 데려올 수 있을까 싶던 이들이었다.

팽무천은 그들을 바닥에 내려놓으면서 단재청에게 핀잔을 던졌다.

"이놈아, 먼저 가버리면 어쩌자는 것이냐?"

"그러면 사람이 떨어지는데 내버려 두오?"

"험험, 그건 아니다만."

"여하튼 아직 구해야 할 사람이 한참이나 남은 것 같으니 다시 움직입시다."

"그렇게 말하지 않아도 할 거다, 이 녀석아. 다만, 언가 꼬맹이 녀석의 면상은 보기 싫은데 말이다."

"흐흐, 걱정 마시오. 다시 한 번 지랄 떨면 내 아예 그 잘난 면상을 바닥에다가 심어버릴 테니까. 녀석을 심어버리면 뭐가 자라려나? 나무?"

"실없는 말 그만하고 일단 내려가자구나."

팽무천과 단재청은 다시금 절벽 아래로 내려갈 준비를 했다.

그때 고륜이 끼어들었다.

"잠시만 기다려 주십시오!"

"무엇이냐?"

팽무천이 심드렁한 표정으로 물었다.

"어찌하여… 돌아오셨습니까?"

"엥?"

"장조 어른, 이 한 대 맞으면 톡, 하고 부러질 것 같이 비리비리한 녀석이 뭐라 그러는 거요? 이제는 도와줘도 욕을 먹는 시대인 것이오?"

"그러게 말이다. 에잉, 괜히 돌아왔나 하는 생각이 물씬 든다."

고륜은 고개를 흔들었다.

"그, 그것이 아닙니다!"

"그러면?"

"팽 선배님과 녹림왕께서는……."

"우리가 떠난 게 아니냐고?"

고륜은 대답 대신 고개만 살짝 끄덕였다.

팽무천은 피식 웃음을 터뜨렸다.

"그러게 말이다. 마음에 안 드는 녀석들 천지인데 우리가 왜 돌아온 것인지."

단재청은 팽무천을 따라 씨익 하고 웃었다. 그는 고륜을 보며 말했다.

"이왕 온 거 좋은 마음으로 할 생각이니까… 형씨, 방해하지 마시오. 우리는 지금이라도 당장 돌아가고 싶은 마음이 이만큼이니까."

"예? 아, 예!"

고륜은 화들짝 놀랐지만 이내 팽무천과 단재청이 가진 마음을 알 수 있었다.

그들은 비록 자신과 걷는 길이 조금 다르다고는 하나 진정한 무인이라 할 수 있는 이들이었다.

'어쩌면 협(俠)이라는 것은 정사마 따위로 규정지을 수 있는 것이 아닌, 무인이 가져야 하는 올바른 마음가짐, 그것이 아닐까.'

그리고 이런 생각이 더 들었다.

만약 자신이 생각한 것이 '협'이라는 단어의 정의라면 진정한 협객은 저들을 의미하는 것이 아니겠냐는.

여하튼 그렇게 팽무천과 단재청의 도움으로 말미암아 구조 작업은 더욱 바빠지기 시작했다.

그렇게 얼마를 더 지났을까.

이제 밑에서 구조의 손길을 기다리는 사람들의 숫자도 열 명 안팎으로 줄어들었다.

그 와중에 언과해를 비롯한 언가의 사람들과도 마주쳤지만, 그들은 팽무천의 서슬 퍼런 눈빛을 이기지 못하고 쥐 죽은 듯이 꾹 이를 다물고서 그들의 시선이 닿지 않는 곳으로 움직였다.

"흠, 이제 어느 정도 된 것 같은데… 이게 무슨 소리지?"

미약한 떨림이 밑에서부터 느껴졌다.

단재청이 고개를 갸웃거렸다.

"왜 그러시오?"

"무언가가 느껴지지 않느냐?"

"아무것도……. 호, 혹시 기관이 작동을……?"

두 사람의 대화를 듣고 있던 사람들의 안색이 시퍼렇게 질리기 시작했다. 가뜩이나 무총 전체에 깔린 기관들 때문에 고생한 것이 이만저만이 아닌데 다시 기관이 작동한다면 그때는 전멸이나 마찬가지였다.

"아니, 기관이 작동하는 것 같지는 않구나. 이 떨림은 기관 장치가 작동하는 소리가 아니라 수십 명의 사람들이 한 번에 움직일 때 생기는 떨림 같은데…….”

“우리 말고 무총에 들어온 사람이 더 있단 말이오?”

단재청의 말에 가만히 그들의 대화를 듣고 있던 금면의협이 의견을 내놓았다.

“일신의 무공은 강호에 발을 담근 사람이라면 누구나 바라는 절대무경이오. 우리 말고도 더 들어왔다고 해도 무리는 아니지요.”

팽무천은 고개를 저으며 칠관 철벽 쪽으로 시선을 던졌다.

“그런 것이 아니다. 너희들이 말이 맞는다면 뒤쪽에서 그 소리가 들려야 하는데, 지금 이 떨림은 칠관 너머에서 들리는 소리다.”

“칠관? 하지만 뒤라면 모를까, 우리보다 먼저 무총에 들어선 사람들은 없을 텐데…….”

“그러니 이상하다는 것이 아니더냐. 아무래도 확인이라도 하고 와야겠다.”

“나도 같이 가겠소.”

단재청이 뒤를 따르고자 했지만 팽무천이 거절했다.

“아니, 너는 무슨 일이 생길지 모르니 사람들을 구조하는 데 전력을 다하여라. 아무래도 곧 움직여야 할 것 같다.”

“알겠수. 그럼 조심해서 다녀오시오.”

“흘흘! 걱정 말아라. 내가 누구더냐, 굉음벽도 팽무천이니라."

팽무천은 맹호도의 도갑을 쥐고서 높이 뛰어올랐다.

"저런 무모한!"

금면의협이 뒤늦게 소리쳤지만, 팽무천은 이미 무저갱이 아래에 펼쳐져 있는 허공 위를 가로지르고 있었다.

그는 아래로 추락하겠다 싶을 때는 몇 번이고 허공답보의 수를 펼쳐 미끄러지듯이 앞으로 쭉쭉 나아갔다.

그리고 칠관의 철문을 바로 앞에 둔 그때,

콰앙!

갑작스런 굉음과 함께 철문이 부서졌다.

그리고 그곳에서 정체를 알 수 없는 열 명의 인영이 튀어나왔다.

팽무천은 지체하지 않고 맹호도를 뽑아 들며 오호단문도를 펼쳐 보였다.

채채채채챙!

퍼버벅!

빠른 쾌도와 함께 발출된 다섯 개의 강기가 다섯 명의 인영을 공중에서 격살시켰다.

그런 뒤 팽무천은 자신의 앞에 직면한 사람을 향해 그대로 맹호도를 내리찍었다.

펑!

강한 충격파와 함께 팽무천의 몸이 뒤로 튕겨났다.

"어르신!"

단재청이 놀라 소리쳤다.

지금 팽무천의 아래쪽은 무저갱.

그대로 추락하면 바로 사망이다.

물론 그대로 당할 팽무천이 아니었다. 그는 허공에서 공중 제비를 한 바퀴 펼쳐 보이며 허공답보를 밟아 본래 있던 곳으로 돌아왔다.

촤아악!

관성에 의해 그의 몸 위로 모래 안개가 치솟았다.

"제길."

팽무천은 오른쪽 소매로 입가를 훔쳤다. 소맷자락에는 혈흔이 묻어 있었다.

"괜찮으십니까?"

고륜의 물음에 맹무천이 소리쳤다.

"빨리 도망쳐!"

"그게 무슨……."

"천섬도의 도귀(刀鬼)들이 등장했다! 이곳은 내가 맡고 있을 테니까 어서 피해!"

"처, 천섬도라면 팔황새의……!"

"그러니까 어서 도망쳐라! 재청!"

"예!"

"구조는?"

"모두 끝냈습니다."

"지금부터 이들은 네가 책임진다. 알겠느냐?"

"알겠… 소."

"그럼 어서 가!"

"어서 갑시다!"

단재청은 사람들을 데리고 육관을 빠져나갈 것을 종용했다.

사람들은 아직도 상황을 제대로 파악하지 못해 우왕좌왕했지만, 단재청은 녹림도들을 이끌던 때의 모습을 보이며 사람들을 통솔했다.

마지막 사람을 데리고 위로 올라왔던 소극 도장은 오랜 연륜답게 상황이 급박한 것을 깨닫고 단재청을 도와 사람들을 이끌었다.

팽무천은 사람들이 육관을 무사히 빠져나갈 수 있게 그동안 허공을 건너오려는 자들을 향해 도강을 날려 최대한 벌 수 있는 데까지 시간을 벌었다.

이윽고 사람들이 어느 정도 육관을 빠져나갔다 싶을 즈음에야 팽무천은 칠관의 철문이 있던 쪽을 향해 사자후를 터뜨렸다.

"망량도, 이곳에서 만나게 될 줄은 몰랐다!"

어둠을 가로지르며 한 사람이 모습을 드러냈다.

비록 멀찍이 떨어진 거리였지만 두 사람은 서로를 너무나 잘 알아볼 수 있었다.

오만한 자세로 서 있는 자.

팔황새 중 한 곳인 천섬도의 주인, 망량도.

바로 그가 등장한 것이다.

"저 역시 이곳에서 맹호의 주인을 만나게 될 줄은 몰랐습니다. 당신과는 바깥에서 정식으로 맞부딪치고 싶었는데 말입니다."

"바깥에서……?"

"팽가와 천섬도, 진정한 백호공의 주인이 누구인지 겨루고 싶었다는 뜻입니다."

"지금이라도 겨루면 되겠지."

팽무천은 맹호도를 들어 망량도에게 겨누었다.

여차하면 도강을 발출시키겠다는 뜻이었다.

하지만 망량도는 코웃음을 칠 뿐이었다.

"죄송하지만 지금은 제가 명을 수행하고 있는 상태이기 때문에 선배님을 상대해 드릴 시간이 없습니다. 못다 이룬 승부는 훗날 저승에 가서 겨루도록 하지요."

망량도는 수하들에게 손짓을 했다.

파바밧!

그 순간 망량도를 수호하고 있던 백매대가 일제히 공간을 격하며 쇄도해 왔다.

일 대 백의 싸움.

팽무천은 맹호도의 도파를 강하게 움켜쥐며 소리쳤다.

"이런 화끈한 싸움! 바라던 바다!"

까가가가강!

          *   *   *

째앵!

팽시영은 갑자기 몸을 움찔 떨었다.

그 때문에 한쪽 손에 들고 있던 도가 바닥에 떨어지고 말았다.

"갑자기 왜 그래요?"

이하영의 물음에 팽시영은 미소를 지으며 고개를 저었다.

"아니에요, 아무것도."

하지만 도를 줍기 위해 고개를 숙인 팽시영의 얼굴은 잔뜩 굳어 있었다.

'뭐였지… 방금 그 오한은?'

팽시영은 도를 들고서 일신무총이 있는 곳으로 시선을 향했다.

'할아버지, 빨리 와요! 걱정된단 말이에요!'

第七章
전란서막

神刀無雙
신도무쌍

"이십 년 전, 가문에 혈겁이 들이닥친 후에 우리 소가육 아들은 뿔뿔이 흩어졌다. 알고 있겠지?"

소비연은 가만히 입을 다물었다.

사실 그는 소가장이 무너진 이후, 식솔들이 어찌 되었는지 알지 못했다.

부모님들이 그와 아이들을 비밀 통로로 보내고 당신들의 아이를 지키기 위해 목숨을 던진 후, 자신과 아이들은 정신없이 도망쳤다. 그러던 중 체력적으로 다른 아이들보다 약했던 자신은 가문을 빠져나오던 와중에 정신을 잃었다.

그 상황에서 정신을 잃는다는 것은 죽음으로 직결되는 일이었지만 그는 살아남았다.

다른 아이들이 어떻게 되었는지는 알지 못했다.

다만, 그날 이후 일 년 가까이 절강에서 거지 차림으로 소 가장 인근을 얼씬거렸지만 아무런 소식도 듣지 못해 아이들 이 무사히 빠져나갔구나 하고 생각했을 뿐이다.

그 뒤로는 강호 곳곳을 유리걸식을 일삼으며 돌아다녔다. 그러다 우연히 대마종의 눈에 들어 마교의 소교주가 되었다.

지금 진성이 말하려는 것은 소비연이 소가육아와 헤어지 고 난 뒤의 이야기였다.

"우리들은 반드시 죽어서도 원수를 잊지 않겠다고 다짐하 고서 제 살길들을 찾아 뿔뿔이 흩어졌다. 하지만 얼마 지나지 않아 우리들은 다시 모이고 말았다. 막내숙부, 아니, 소천⋯ 그 개자식이 사람들을 풀어 우리들을 찾았기 때문이지."

소비연은 무언가 떠오르는 것이 있었다.

"설마? 그럼 막내숙부의 사람들이 천지회?"

"그렇다. 천지회의 회주, 그가 바로 소천이다."

소비연은 어이가 없어 실소가 흘러나올 지경이었다.

막내숙부가 천지회주?

하지만 곧 그럴 수도 있을 거란 생각이 들었다.

괴한들이 가문을 습격했던 것은 막내숙부가 가문에 돌아 왔을 때.

그때 막내숙부 소천은 아버지를 비롯해 다른 숙부들과 싸웠다.

바로 가문의 업(業)을 잇는 데에 대한 의견 차이였다.

이제 어느 정도 그림이 맞춰졌다.

"막내숙부는 우리 가문이 일신의 후예로서 활약을 해야 한다고 했던 것이고, 할아버지를 비롯한 다른 어른들은 아니 된다… 그렇게 말한 것인가."

진성은 이를 바득 갈았다.

"정확하게는 소천은 소가장이 무가로서 거듭나야 한다는 입장이었고, 다른 분들은 일신의 유언을 대대로 지켜 나가야 한다는 입장이었지."

확실하진 않지만 일신의 유언이란, 그의 후예들이 강호에서 떠나라는 것이었으리라.

강호란 많은 사람들에게 아픔을 줄 뿐이었다.

소비연, 그만 하더라도 여태껏 다른 사람들은 겪기 어려운 일들을 잔뜩 경험하지 않았던가.

"소천은 제 뜻대로 되지 않자 천지회를 이용해 절강무림을 움직였다."

이 뒤부터는 알지 못하는 내용이다.

"소가장이 일신의 후예다. 그러니 소가장을 털면 일신의 무공을 얻을 수 있다. 고금제일의 무공! 그 정도면 절강무림을 움직이는 데 충분하겠지? 남궁세가, 검각 등… 수많은 이들이 가문을 급습하였다."

"……!"

남궁세가와 검각?

"남궁가의 가주 남궁정천은 백부, 그러니까 너의 아버지 말이다. 그분과 친분을 나누던 벗이었음에도 불구하고 욕심에 눈이 멀었다."

소비연의 손이 부르르 떨렸다.

제아무리 냉정한 성격을 가진 그라 하여도 도무지 흥분하지 않을 수 없는 대목이었다.

남궁세가에서 남궁정천이 했던 말이 아직도 떠올랐다.

"너는 내 오랜 벗이었던 이의 아들. 나와 함께하지 않겠느냐?"

그토록 자상한 얼굴을 하고서 자신이 멸문시킨 가문의 아들을 옆에 두려고 했다고?

더군다나 그리되면 남궁린과는 원수의 자식이 되는 것이 아닌가.

소비연에게 남궁린은 가문을 멸문시킨 원수의 딸이, 남궁린에게 소비연은 살부지수의 가족이 된다…….

"그래서 너는… 강호를 말살하려 하는 것이냐?"

천지회가 오랫동안 강호에 끼쳐 왔던 명제(命題).

그것은 바로 강호의 말살.

소비연이 오사에게서 알아낸 것은 꽤나 많았다.

그중 하나가 바로 천지회의 계책이었다.

먼저 황산의 일신무총을 연다.

일신의 무공을 얻기 위해 전국 각지에서 고수들이 몰리게 되면 무총의 기관을 이용해 그들을 모두 제거한다.

한편으로는 천지회의 공자들이 수중에 넣은 팔황새 일부 세력과 마교, 제천궁 등을 동시에 충돌시켜 상잔(相殘)과 함께 공멸(共滅)하도록 한다.

그때 북쪽에 있는 천지회가 남하하여 무주공산이 된 강호를 차지한다.

단순하지만 이보다 확실한 계책이 있을까?

거기다 오사의 말에 따르면, 이 계책을 만들고 강호에 암수를 뻗치게 한 것은 바로 회주가 아닌 일공자 진성이었다고 한다.

강호 말살(江湖抹殺), 그것이야말로 진성이 가문을 무너뜨린 이 강호에 대한 복수였다.

"너 역시 느끼지 않았나, 이 강호가 얼마나 미쳐 있는지. 제 이익과 욕심을 위해서라면 피를 나눈 부모형제조차도 서슴지 않고 죽이는 곳이다. 정마대전? 남북대전? 정의를 위한다? 다 개소리다! 다 자기들의 이득권을 챙기기 위한 발악일 뿐! 천시가 나타났을 때에도, 이 무총이 열렸을 때에도 놈들은 눈에 불을 켜고 모여들었다. 자신이 주인이라는 생각과 함께 말이지!"

진성의 몸에서 살기가 들끓기 시작했다.

"만약 저들이 제 욕심이 아니라 진정 강호의 혼란을 수습하기 위해 온 것이었다면, 일신의 무공에 욕심을 부리지 않았더라면 이런 계책도 통하지 않았을 것이다. 그리고 나는 손을 뗐을 것이다. 비록 가문을 망하게 하였어도 아직 이 강호에는 희망이 있다는 뜻이었을 테니까! 하지만 그들은 세상의 해악과도 같은 존재일 뿐이다. 그들을 없애는 것이 차라리 이 세상을 위해서 득이 되었으면 되었지, 해가 되지는 않을 것이다!"

"하지만 네 입으로 말하였다. 가문이 멸문하는 데에는 숙부와 천지회의 입김이 닿아 있었다고. 그렇다면 강호가 아니라 천지회에 원한을 가져야 옳은 것이 아닌가?"

"물론 천지회 역시 내 손에 무너질 것이다. 그러기 위해서 너를 무간뇌옥에 갇히게 한 것이니까."

"…뭐?"

"천지회의 내계가 시작되면서 나는 마교를 전복시키기 위해 신마맥에 배치되었다. 그곳에서 우연히 너를 만났지. 그때는 정말로 가슴이 덜컥 내려앉는 줄로만 알았다. 실종되어 죽었다고만 생각했던 네가 버젓이 마교에, 그것도 소교주로 있었으니까. 처음에는 회주의 수작질인가 싶었지만 뒤늦게나마 알 수 있었다. 너는 정말 우연히 마교에 들어온 것일 뿐이라고."

"……."

"그때부터였을 것이다. 너를 이용하면 강호와 함께 천지회도 없앨 수 있을 거란 생각이 든 게 말이다. 너는 옛날부터 기적을 이끌던 녀석이었으니까. 충분히 가능하다 생각했다. 다행히 나는 역용술을 하고 있었기 때문에 너는 나를 알아보지 못했다."

"그 말은 곧… 내가 누구인지 알고도 너는 모른 척했다는……."

"그것은 미안하다. 알아달라고도 하지 않겠다. 하지만 정말 나에게는 너 말고는 달리 방도가 없었다. 너를 무간뇌옥에 갇히게 한 이후부터 네가 그곳에서 나와 중원행을 시작한 이후의 일들까지……."

진성의 설명은 계속되었다.

"네가 신강을 나오면 처음 도착할 곳이 감숙이라 생각하여 그곳에서부터 흔적을 남겨두었다. 네가 뒤따라오기를 바라면서. 처음에는 감숙 지부, 이후에는 천시와 사건이 맞물려 계책을 짰지. 나도 사람인지라 너의 돌발 행동에 놀라기도 했지만, 너는 감숙에서부터 절강까지… 내 의도대로 너무나 잘 따라와 주었다. 그 덕분에 대계를 일찍 끌어당겨 천지회의 그림자를 강호에 알릴 수 있는 계기가 되었다."

소비연의 머릿속으로 수많은 생각들이 스쳐 지나갔다.

감숙에서 고루삼마와 싸웠던 일, 천시를 가지고 질풍행로

를 일으켜 본격적인 남북대전의 서막을 올리게 했던 일, 남궁
세가와 검각, 절강을 들락날락하면서 제천궁과 정도맹의 세
력 구도를 뒤틀리게 만든 것까지…….

지금 생각해 보면 모두 지난 일 년간 강호에 터진 굵직굵직
한 사건들의 시발탄을 제공한 셈이었다.

'끝까지… 나는 너의 놀음에 놀아났구나.'

소비연은 허탈해서 몸에 힘이 다 빠질 지경이었다.

그가 스스로 결정하여 걸어왔다고 생각했던 길들이 모두
타인의 손길이 묻어 있었다고 한다면?

여태껏 믿어왔던 것들이 모두 거짓이라고 한다면?

원수라고 생각했던 녀석이 사실은 원수가 아니라고 한다
면?

모든 것을 부정당하고 난 이후 찾아오는 것은 분노가 아니
다. 바로 무기력이었다.

그러나 그것도 잠시.

"비… 연… 정말 많이 컸구나. 보고… 싶었어…….."

이패와의 싸움 후, 그녀의 연인 하아가 남겼던 말이 언뜻
머리를 스쳐 지나갔다.

하아(霞兒)?

'아'라는 단어는 아이에게 붙여주는 애칭과도 같은 것. 그

렇다면 '하'가 이름이란 듯이 된다.

"소하… 그럼……?"

소성진과 함께 같이 바다로 가겠다고 했을 때에 같이 가겠다고 했던 여자 아이. 소가육아의 유일한 홍일점. 소가육아가 떠오른다…….

소비연은 떨리는 목소리로 물었다.

"다른 아이들은… 어디에 있지?"

"제천궁, 살막, 마교, 그리고… 저 위."

진성은 검지로 위를 가리켰다.

"아아……!"

소비연은 털썩, 자리에 주저앉아 전신을 부들부들 떨기 시작했다.

난 대체 무슨 짓을 한 거였지?

"소하… 하아는 너를 위해 희생했다. 나를 비롯해 다른 아이들은 회주의 손아귀에서 아등바등거리고 있지만, 너만은 아니었으니까. 너라면 회주를 이길 수 있을 거라고 생각해서 희생한 것이다."

"내가 강해지는 것과 그 녀석이… 희생하는 게 무슨 관계가 있기에 그랬던 것이냐!"

"모르는 건 아니겠지, 천룡공과 팔패공의 연관 관계를? 천룡공의 백염과 팔패공의 이화진기는 같은 뿌리에서 출발한 무공이 아닌가. 이패는 하아를 위해 너에게 이화진기를 밀어

넣었고, 하아는 백염과 마화가 충돌하지 않도록 조화진기를 넘겼다. 그때 너는 미쳐 있는 상태였기에 기억하지 못할 것이다."

진성은 당시 그 자리에 자신도 있었다는 것을 말하지 않았다.

이미 지금까지 한 말로도 소비연은 돌이킬 수 없는 충격을 입은 탓이었다.

"너는 그것으로 환골탈태를 겪었고 신화경에 오를 수 있었다. 회주에 대항할 수 있는 첫 번째 무기를 얻은 셈이지. 두 번째 무기는… 네가 강호를 전전하면서 얻은 사람들과 바로 이것이다."

진성은 아직까지 뜨거운 불길을 내뿜고 있는 황룡을 가리켰다.

"천룡대가 생강시가 되어 이곳에 있는 이유는 영원히 이곳에 남아 일신을 지키기 위함도 있지만, 훗날 이곳을 찾아올 연자를 위해 백염의 정화를 보호하기 위해서이기도 하다. 일신이 만년화리를 상대하고 난 이후에 깨달은 심득을 바탕으로 완성시킨 여의공(如意功)은 황룡이 보호하고 있었다. 연자가 천룡대와 오룡위의 시험을 통과하게 되면 넘겨주기 위해서. 네가 바로 그 연자다. 자, 받아라."

진성의 말이 떨어지자마자, 가만히 정지해 있던 황룡이 서서히 움직이기 시작했다.

미간이 검으로 뚫려 있음에도 불구하고 움직이는 모습은 징그럽기까지 했다.

화르륵!

그 순간 백염이 더욱 크게 타오르더니 원을 그리며 한곳에 모여들었다. 이윽고 흰색 구체가 되었다.

주(珠).

천 년 수양을 닦은 용이 입에 물고 있다는 여의주를 연상케 하는 구슬이었다.

저것이야말로 일신이 천룡십관을 모두 통과한 연자를 위해 남긴 선물이리라.

"…왜 네가 아니지?"

"뭐?"

"왜 네가 아닌 나란 말이다! 너 역시 신화경에 오르고 수하들이 있으니 자격은 되지 않느냐! 여의공을 네가 취했어도 됐을……."

소비연은 오열을 터뜨렸다.

왜 하필 자신이란 말인가!

만약 이 일들을 모두 계획한 진성, 그가 여의공마저 취했으면 소하도 희생하지 않아도 됐을 텐데.

하지만 진성은 차갑게 그의 말을 끊어버렸다.

"아니, 나는 안 된다."

"어째서……!"

"무공의 속박 때문이다."

진성의 얼굴이 수척해졌다.

"나와 형제들이 천지회에 들어오고 나서 처음 당했던 것이 회주에 대한 속박이었다. 무의식중에 그에게 위해를 끼칠 수 없도록 세뇌를 당한 것이지. 훗날, 가문을 멸문케 했던 배후에 천지회가 있음을 알게 되고 나서도 회주를 배신하지 못했다. 그래서 너만이 자격이 있다고 말하는 것이다."

"으아아아……!"

소비연은 손으로 머리를 쥐어뜯었다.

진실이라고 말하는 것.

그것은 그에게 고통만을 줄 뿐이었으니…….

둘의 대화를 처음부터 끝까지 옆에서 듣고 있던 감패는 충격적인 사실에 말을 이루지 못했다.

"이 강호가 그럼 모두 한 사람의 손에서 놀아난 것이었나."

그 역시 알고 있었다.

건패가 구파를 상대로 혈겁을 일으킨 데에는 천지회가 크게 자리를 차지하고 있다는 사실을 말이다. 그 때문에 건패지재의 최종 종착점은 바로 천지회였다.

천지회는 바로 그때의 싸움에서 무너졌다고 생각했는데.

지금 이 혼란 역시 천지회가 크게 손을 뻗치고 있다는 점에서는… 정말이지, 끈질기기가 이루 형언할 수 없을 정도인 천지회의 여력에 할 말을 잃을 정도였다.

"아미타불… 지금 이곳에서 벌어진 일들이 밖으로 새어나가게 되면 강호는 혼란에 빠지겠습니다."

"그렇겠지. 그만큼 충격적인 내용이니까. 자그마한 상계 가문이었던 소가장이 멸문한 데에 이런 큰 이유가 있었을 것이란 걸 누가 짐작이나 했을까. 나 역시 소가장이 일신의 후예라는 것만 알았지, 천지회가 관련이 되어 있는 줄은 꿈에도 몰랐다. 하지만 제천궁과 팔황새 등이 천지회의 수작에 놀아난다는 것을 알아낸 이상 이 사실을 알려야겠지."

망아 성승의 눈동자가 가느다랗게 좁혀졌다.

언뜻 그 위로 기광이 스쳤지만, 감패는 미처 그것을 읽어내지 못했다.

"감 시주께서는 그것이 중생들을 위한 방도라 생각하시는 것입니까?"

감패는 웃음을 흘렸다.

"나는 강호의 평화 따위는 알고 싶은 마음도, 알릴 마음도 없다. 내가 활동했던 때는 어느 때보다 더 전란으로 휩싸여 있던 강호다. 정마대전? 남북대전? 그깟 것은 내가 겪은 일들에 비하면 별게 아니다. 하지만 말이다, 이 분쟁만이 늘 판치는 강호에 이왕이면 나와 같은 피해자가 조금이나마 덜어졌으면 하는 바람 정도는 있다."

감패는 황룡에게로 손을 내뻗었다.

두둑, 필혼검이 살짝 흔들리다가 툭, 하고 빠져나와 그의 손에 들어왔다. 처음에 빼기 위해 고생을 했던 것을 생각한다면 허무하기까지 했다.

감패는 필혼검의 검신을 한 번 쓱 훑어보았다.

"비록 오늘 처음 만난 녀석이다만, 저 녀석이 천지회의 야욕을 꺾을 선택받은 자라면 나는 기꺼이 도와줄 셈이다. 땡중, 너 역시 정마대전을 막으려고 노력했던 녀석이니 내 마음을 알겠지?"

"…본승은 잘 모르겠습니다."

"뭐?"

감패가 화들짝 놀라 망아 성승을 바라보았다.

망아 성승은 합장을 한 상태에서 살짝 굳어진 얼굴을 했다.

"이 강호는 확실히 피에 굶주리고 미쳐 있습니다. 그것을 생각한다면 차라리 모든 것을 지우고 새로 시작하는 것도 좋겠지요."

강호에서 상처만 입었던 감패는 강호를 구해야 한다고, 강호의 별이 된 망아 성승은 강호를 지워야 한다고 한다.

"지금 무슨 말을 하는 것이냐!"

감패가 버럭 소리를 질렀지만, 망아 성승은 여전히 차분하게 말을 이을 뿐이었다.

"감 시주, 혹시 혈불(血佛)이라고 들어보셨습니까?"

혈불이란 팔황새 중 한 곳인 포달랍궁에 내려오는 전설 중 하나였다.

세상이 혼란에 잠겨 스스로 정화하지 못할 정도로 타락하게 되면, 혈불이라는 부처가 나타나 세상을 피로 깨끗이 씻어내고 새로운 세계를 만든다는 이야기였다.

물론 중원의 불가에서는 혼탁한 사상이라 하여 오래전부터 혈불 사상을 배척해 왔다.

그런 혈불을 망아 성승이 논한다?

감패는 그제야 망아 성승의 눈빛에서 무언가를 읽었다. 공허하기 짝이 없는 눈동자, 그것은 신승이라고까지 불리던 자의 눈동자가 아니었다.

혈광(血光)!

피에 굶주린 사자(死者)의 눈빛이었다!

감패는 재빨리 필혼검으로 망아 성승의 목을 노렸다.

하지만 그보다 망아 성승의 움직임이 더 빨랐다.

슈우욱!

순간 망아 성승의 손바닥이 수십 배의 크기로 커지는 듯한 착각이 일었다.

"대수인(大手印)!"

감패가 그 무공의 이름을 부르짖었다.

포달랍궁의 궁주와 소궁주나 익힐 수 있다는 저주받은 서역의 무공이 어찌 이곳에 등장한단 말인가!

"잘 아시는구려!"

망아 성승의 대수인은 곤오철로 만들어진 필혼검을 반 토
막으로 부러뜨리고 나아가 감패의 복부에 틀어박혔다.

쿵!

무언가 부서지는 소리와 함께 감패의 몸이 크게 들썩였다.

그는 천장에 한 번 부딪쳤다가 바닥에 떨어졌다.

즉사였다.

누가 손을 쓸 새도 없이 삼도천을 건너 버린 감패.

망아 성승의 움직임은 거기에서 그치지 않았다.

그는 손목에 두르고 있던 염주알을 튕기기 시작했다.

퓨퓨퓨퓻!

소비연과 진성은 미처 상황을 제대로 판단하지 못했지만
곧 저마다 칼을 들어 염주알을 튕겨냈다.

타다다다당!

소비연은 칠보환천을 밟아 공간을 격하고 망아 성승에게
로 쇄도했다.

쿠르릉! 쿠릉!

장풍과 도강이 만나면서 연신 폭발을 일으켰다.

소비연은 분천도에 광염을 휘감아 일도섬을 연계시켰다.
능광도섬이었다.

쉬시시시식!

수백 개의 번개가 망아 성승의 위로 떨어졌다.

번쩍! 번쩍!

하지만 망아 성승 역시 절대 약하지 않았다.

그가 양손을 앞으로 내밀자 수십 개의 분영이 그려졌다. 하나하나가 장정의 머리통만 한 크기의 손이 세상을 빼곡 메우며 커다란 벽을 만들어냈다.

쿠쿠쿠쿵!

분천도가 그 위를 수없이 때렸지만, 망아 성승의 수벽은 좀체 깨지지 않았다.

도리어 작게 만들어진 빈틈을 향해 공격을 감행할 정도였다.

수벽을 가르는 한 줄기의 사선.

능광도섬이 부서졌다.

퍼버벅!

"켁!"

소비연은 충격파를 감당하지 못하고 피를 토하며 뒤로 물러나고 말았다.

신화경의 고수인 소비연조차 감당하기 힘든 고수라니…… 진성은 얼굴을 살짝 굳힌 채로 망아 성승에게 물었다.

"회주가 보내서 왔나?"

망아 성승은 처음에 그들에게 보여주었던 인자한 미소가 아닌 냉소를 입가에 달고 있었다.

"본노는 혈아라한(血阿羅漢)이라고 한다. 혈불의 종이자,

회의 좌호법을 맡고 있지."

"좌호법?"

진성은 얼굴을 찌푸렸다.

천지회에서 오랫동안 생활해 왔지만 호법이라는 직책이 있다는 것은 금시초문인 탓이었다.

망아 성승, 아니, 오랫동안 강호를 소림의 신승으로 속여왔던 천지회의 좌호법 혈아라한은 진성을 보며 냉소를 흘렸다.

"회주께서 배신자를 처단하라 이르며 보내셨다. 마지막 기회를 주려 하였으나, 네 스스로 회주의 마지막 성은을 차버렸으니 여기서 죽어도 할 말이 없을 것이다."

"큭."

진성은 저도 모르게 실소를 흘렸다.

역시 회주답다는 생각이 들었다.

좋게 보면 매사가 철저한 인간이며, 좋지 않게 보면 제 손으로 키운 조카마저 믿지 못하는 자가 아닌가!

물론 진성은 그를 숙부로 인정하지 않은 지 오래되었기에 별 감흥이 없었다.

다만, 자신이 짜놓은 계책의 마지막에 구멍이 뚫려 비연이 각성을 하기도 전에 회주가 모든 사실을 알아차리게 될 것이란 게 어이가 없을 뿐이었다.

"천하의 신승, 망아 성승이 서장의 사람이자 천지회의 오른팔일 줄 누가 알았을까! 뭐, 아무래도 상관없다. 죽여 버리면 그만이니까."

"과연 네깟 놈이 이 몸을 이길 수 있을까?"

파밧!

두 사내의 신형이 공중에 교차했다.

까가강!

혈아라한은 다시금 대수인을 펼쳐 공격을 감행해 왔다. 그 위력이 얼마나 파괴적인지, 진성의 천지신검결이 약하다고 느껴질 정도였다.

하지만 천지신검결은 현란한 동검이기도 하지만 조용한 정검이기도 했다.

진성은 방어 검초를 펼치면서 혈아라한의 빈틈을 찾아내고자 했다.

하지만 혈아라한 역시 진성처럼 강호에는 알려지진 않았지만 신화경의 고수였다.

때문에 그에게서 빈틈을 찾기란 요원할 수밖에 없었다.

쿠쿠쿵!

"크하하핫! 겨우 이 정도의 실력으로 감히 회주께 덤비려 들었던 것이냐? 정말이지 웃음밖에는 나오지 않는구나! 너를 죽이고 여의공을 취하겠다. 저것이야말로 회주께서 그토록 찾으셨던 천룡의 진실한 힘이니까!"

"결국 네가 나를 따라붙었던 것은 여의공을 얻기 위해서였던 거군."

퍼퍼펑!

진성의 몸이 수없이 뒤틀리면서 뒤로 밀려났다.

소비연마저 가볍게 다루던 그를 압도하는 고수!

대체 천지회에는 이 정도의 고수가 얼마나 존재하는 것일까?

소비연은 방금 전 충격파로 인해 입은 내상을 진기로 치료하고는 공격할 기회를 엿보았다.

제아무리 회의 좌호법이라 하더라도 자신과 진성의 합공이라면 꺾을 수 있을 거라 판단한 탓이었다.

하지만,

[나서지 마라.]

난데없는 진성의 전음에 소비연은 몸을 움직이다 말았다.

[어째서?]

[이 싸움은 내가 해야 할 일이다. 너는 그전에 황룡이 들고 있는 여의공부터 흡수해서 네 것으로 만들어라. 그래야 이 혈아라한인지 하는 녀석을 이기고 회주도 이길 방도를 구할 수 있을 테니까.]

황룡은 여전히 뜨거운 열기를 자랑하는 여의공을 손에 들고 있는 상태였다.

두 눈은 소비연을 향해 있었다.

마치 이것을 당장 가져가라는 듯이.

[어서!]

진성의 재촉이 이어지자 소비연은 어쩔 수 없이 혈아라한이 아닌 황룡에게로 몸을 날렸다.

팟!

"감히 어딜!"

혈아라한은 진성을 공격하다 말고 소비연에게로 몸을 날리려 했다.

하지만 그 앞을 진성이 가로막았다.

까강!

진성이 무영검으로 혈아라한을 짓누르면서 소리쳤다.

"네놈의 상대는 나다!"

혈아라한의 눈동자 위로 혈광이 솟아났다.

"죽여주마, 이놈!"

퍼퍼펑!

다시 한 번 대수인이 전개되었다.

다만, 이전에 전개했던 대수인과는 많이 달랐다. 수영(手影)에는 그의 눈빛처럼 핏빛 광채가 번뜩였다. 혈천마수인(血天魔手印). 그것이 바로 혈아라한이 자신의 깨달음을 바탕으로 만들어낸 대수인의 이름이었다.

진성은 천지신검결에 신마검공을 섞어 쾌검을 펼쳐 보였다.

느리고 폭발력이 강한 무공의 천적이라 할 수 있는 쾌검초를 통해 무공의 맥을 끊어버릴 심산이었다.

하지만 정중동(靜中動)이라고 했다.

혈천대수인이 비록 한없이 느리게 움직이는 것처럼 보여도 어느샌가 무영검을 짓누르고, 진성의 옆구리를 노릴 정도로 빨랐다.

퍼퍼퍽!

세 개의 수인이 연달아 진성의 복부를 강타했다.

"커헉!"

단 한 수에 감패가 별다른 저항도 하지 못하고 명줄이 끊어진 것을 감안한다면 엄청난 위력이라 할 수 있었다.

감패가 받았던 충격파의 세 배, 아니, 누적된 충격파를 합친다면 수십 배는 되는 위력을 고스란히 온몸으로 느낀 셈이었다.

진성은 울컥, 피를 토하고서 벽 쪽으로 튕겨났다.

하지만 혈아라한이 황룡과 소비연이 있는 쪽으로 움직이는 것을 확인하고는, 공중에서 제비돌기로 몸을 돌리며 벽을 강하게 박찼다.

휙!

진성의 신형이 길게 늘어졌다.

무영검 끝에서 서슬 퍼런 광채가 흘러나오다 이내 공간 속에 녹아들었다. 진성의 신형도 어느새 사라지고 없었다.

신화경에 오른 자만이 행할 수 있다는 전설상의 경지, 심검합일(心劍合一)의 기술이었다.

파밧!

"제법이로군!"

혈아라한은 혈마인(血魔印)의 초식으로 진성을 찍어 누르며 감탄을 흘렸다.

올해로 그의 세수는 이 갑자, 백이십.

지금의 경지에 오른 것이 삼십 년 전이었으니, 자신과 비등하게나마 검술을 펼치는 진성에게 무인으로서 탄복하지 않을 수 없었다.

'역시 일신의 후예! 그분의 핏줄이다!'

아무런 연고도 없이 강호를 홀로 떠돌 때에 그를 거둬준 것이 바로 지금의 회주였다.

당시 회주의 나이는 삼십.

비록 나이는 손자뻘밖에는 되지 않는 존재였지만, 그의 지닌바 무위와 세상에 대한 야망은 그의 가슴에 오래전 잊혀졌던 투쟁심을 심어주었다.

그래서 그는 나이를 떠나 회주를 존경하고, 그의 핏줄인 다섯 공자공녀를 마음속으로 응원해 왔다.

그것은 진성이 회주에 대한 배신을 선언한 지금도 다르지 않았다.

혈아라한은 진성을 진심으로 응원했다.

그 오랜 세월, 회주도 모르게 치밀하게 암계를 짜왔으며, 자신이 대항할 수 없으니 다른 사람을 키워 대항할 생각까지

해놓은 사람……

나이는 어리나 존경할 수밖에 없었다.

그래서 혈아라한은 결심했다.

전력을 다해 진성을 죽이겠노라고.

그것이 진성에 대한 예의이며, 회주에 대한 진정한 충심이라는 생각이었다.

'비연이라고 했던가… 우선 저 아이는 일공자부터 처리하고 상대해야겠군. 여의공을 완벽히 자신의 것으로 만드는 데는 많은 시간이 걸릴 것이야.'

혈아라한은 생각을 끝내자마자 다시금 진기를 끌어올리며 장풍을 연신 쏘아댔다.

대력금강혈장(大力金剛血掌).

대수인과 백보신권을 한데 섞어 탄생시킨 그만이 가진 절기 중 하나였다.

퍼퍼퍼펑!

진성은 재빨리 검벽을 끌어올려 대항하고자 했지만, 역시나 혈아라한의 이 갑자에 달하는 내공의 힘은 만만치 않았다.

진성의 신형이 뒤로 쭉쭉 밀려나더니 얼마 지나지 않아 검벽이 수십 조각으로 깨졌다.

그 틈을 타 장풍이 진성을 수없이 두들겨 댔다.

"크윽!"

그리고 이어지는 대수인.

퍽!

진성은 다시금 충격파를 감당하지 못하고 벽에 부딪쳤다.

전과 다른 것이 있다면, 이번에는 혈아라한이 끝까지 따라 붙었다는 점이었다.

혈아라한은 주먹을 말아 쥐며 진성의 얼굴을 내리찍었다.

쾅! 쩌거걱!

벽에 수십 개의 거미줄이 그어지면서 안쪽으로 함몰되었다.

벽이 무너지면서 반대쪽 통로, 육관의 거대한 공터와 무저갱이 보였다.

"끝이다!"

혈아라한은 주먹을 크게 휘둘러 진성의 머리를 터뜨리고자 했다.

그 순간 진성은 재빨리 정신을 차려 검면으로 공격을 튕겨냈다. 하지만 충격파는 신형을 뒤로 튕겨나게 해, 결국 그는 육관 무저갱 쪽으로 떨어지게 되었다.

"제길……!"

진성은 추락하면서 이를 질끈 깨물었다.

혈아라한은 지독히도 강했다.

갈비뼈 몇 개가 부러진 것은 물론, 왼팔은 언제 날아갔는지 어깨에서부터 피가 철철 흘러내리고 있었다.

다행히 저 너머로 소비연이 가부좌를 틀고 있는 모습으로 보아 여의공을 흡수하여 제 것으로 만들고 있는 것이 분명했다.

'일신의 모든 것이라 할 수 있는 여의공은 완성된 백염천룡공과 무양단이 합쳐져야만 만들어진다. 황룡은 백수십 년의 세월 동안 그것을 보호해 오면서 연자인 네가 오기를 기다리고 있었다. 회주조차 얻지 못해 수십 년 동안 찾고자 노력했던 것이니, 반드시 네 것으로 만들어라. 신화경에 오른 지금 그걸 완벽히 소화해 낸다면 이전의 일신에 못지않게 될 테니까.'

진성은 차츰 눈꺼풀이 무거워지는 것을 느꼈다.

'하지만… 그렇게 해도 회주를 이길 수 있을지 모르겠다. 회주는… 이미 일신의 경지를 뛰어넘은 지 오래였기 때문에…….'

팟!

다시 억지로 두 눈을 떴을 때, 진성은 바로 코앞까지 달려온 혈아라한을 발견할 수 있었다.

"너는 진정으로 강했다."

진성은 피식, 미소를 지었다.

'비연, 뒤를 부탁한다……. 못난 동생 녀석과 다른 아이들도…….'

혈아라한의 손이 점차 커지기 시작했다.

'짧게나마 강호를 쥐락펴락했으니, 못난 삶은 아니었다.'

퍽!

그 생각을 끝으로 진성의 시야가 까맣게 물들었다.

혈아라한은 머리와 왼팔이 텅 빈 시체를 들고서 허공답보를 펼쳐 오관 철문 앞의 땅에 착지했다.

그곳에는 이미 선객이 있었다.

"혈아라한 선배님을 뵙습니다."

"망량도냐?"

선객은 바로 망량도였다.

그는 전신을 피로 흠뻑 적시고 있었는데, 무슨 싸움을 벌인 것인지 주위는 전부 시체로 둘러싸여 있었다. 그 중심에는 한 중년인이 전신에 칼 수십 자루를 박고서 고개를 떨어뜨린 상태로 서 있었다.

대충 어떤 싸움이 벌어졌는지 눈에 그려졌다.

"네, 오랜만에 뵙는군요. 이게 얼마 만인지요?"

혈아라한은 인상을 찌푸렸다.

망량도는 오래전 그와 함께 회주에게 충성을 맹세한 자였으나, 사람이 가식적인데다가 속을 짐작할 수 없는 성미 때문에 혈아라한은 개인적으로 그를 싫어했다.

하지만 그는 그것을 내색할 정도로 멍청하지 않았다.

그저 무총의 청소를 맡기로 한 그가 왜 이곳에 있는지 의아할 따름이었다.

"임무는 모두 수행했는가?"

"그것이……."

"못했단 말이냐?"

"방해자가 있어서 말입니다."

"뒤에 있는 자 말인가?"

망량도는 대답 대신 고개를 끄덕였다.

"누구지?"

"꿩음벽도입니다. 이 사람을 상대한다고 백매대도 이 할밖에 남지 않았습니다. 휴우우."

혈아라한은 의외라는 얼굴을 했다.

"도제가 그렇게 강했단 말인가?"

망량도는 무겁게 깔린 목소리로 답했다.

"입신경을 밟은 듯했습니다. 만약 일대일로 싸웠더라면 저는 필패였을 테죠."

"호오?"

비록 망량도라는 인간이 마음에 들지 않지만 그의 실력은 누구보다 잘 알고 있었다.

혈아라한, 그는 망아 성승으로 살면서 성란육제와 고천사패의 힘을 잘 알고 있었다. 망량도라면 절대 고천사패에 뒤지지 않았다. 감패는 힘들더라도 곤패는 상대할 정도는 되는 것이다.

하지만 그런 망량도가 패배를 논했다.

그의 자존심 강한 성격을 생각해 본다면 절대 거짓은 아닐 터였다. 거기다 천섬도가 오랜 세월 길러왔던 백매대조차 거의 전멸에 가까운 타격을 입지 않았는가.

물론 그 때문에 도제는 목숨을 내놓아야 했지만…….

"이제 소비연, 그만 남은 건가?"

혈아라한은 고개를 위로 들어 올렸다.

소비연은 명상을 모두 끝내고 나서 손을 쥐락펴락해 보았다.

'달라진… 건가?'

진성의 외침에 그는 우선 여의공을 흡수하는 것이 옳다 여기고 황룡으로부터 여의공을 받아 삼켰다.

그때, 그는 열화지옥을 뒹굴었다는 생각을 가졌다.

화륜심결을 완성한 이후로는 '열기'나 '뜨거움'이라는 느낌을 모른다고 생각했는데, 그게 아니었나 보다.

일신의 정화라고 하는 여의공은 정말이지 소비연으로서도 도저히 견딜 수 없는 고통을 가져다주었다.

하지만 전신세맥을 열고 절혼령의 진체를 열자 여의공의 열기도 서서히 자연스레 받아들이게 되었다.

그리고 짧은 명상을 한 후 일어난 것인데…….

분명 여의공을 완벽히 흡수했다고 생각했는데도 몸은 별달리 달라진 것이 없는 것 같았다.

처음 환골탈태했을 때, 그 상태 그대로랄까.

이제는 여의공을 삼켰는지조차 기억이 가물가물했다.

'아무래도 좋겠지……'

소비연은 분천도를 지팡이 삼아 자리에서 일어났다.

우선 진성과 혈아라한을 찾기 위함이었다.

지금 그가 진성에 대해 가진 감정은 애증(愛憎)이었다.

소가육아였을 때에 그의 절친한 친구였던 소성진에 대한 그리움과 그를 나락으로 빠뜨렸던 진성에 대한 미움.

두 상반된 감정이 혼탁하게 뒤섞여, 이후 그를 어찌할지에 대해서는 생각지 않았다.

하지만 그보다 지금 중요한 것이 있었다.

천지회의 야욕을 꺾는 것.

곧 얼마 지나지 않으면 일신무총은 무너질 것이다.

그리되면 마교와 팔황새가 움직이기 시작하겠지.

천중전란과 정마대전의 재림인 셈이다.

그리되면… 이 강호는 과연 살아남을 수 있을까?

다행히 지금 팔황새와 마교를 이끄는 것은 다섯 공자공녀라 알려진 소가육아인 듯싶었다.

진성과 함께 움직인다면 그들의 발걸음도 멈출 수 있지 않을까.

그리고 작게나마 소비연, 그가 위험할 때 도와주겠다고 했던 이들의 도움을 받는다면 천지회의 전진을 막아낼 수 있을 듯싶었다.

'그런데 진성, 아니, 성진은 어디로 간 거지?'

그러다 저도 모르게 한곳에 시선을 정지시켰다.

휑하니 뚫린 벽.

그 너머로 보이는 무저갱.

어두컴컴한 세상을 마주한 순간, 소비연은 가슴을 찌르르하게 울리는 무언가를 느꼈다.

'이게 대체 무슨 느낌이지?'

그때 무저갱에서 누군가가 불쑥 튀어나오더니 땅에다 무언가를 내팽개쳤다.

머리와 왼팔이 없는 시체였다.

두근.

가슴이 뛰었다.

"성… 진……?"

비록 핏물에 젖어 있으나 저 옷은 분명 진성이 입고 있던 것이었다.

그리고 좌측.

칼 수십 자루를 몸에 꽂은 채로 절명한 중년인이 있었다.

오랫동안 그와 함께해 왔기에 알 수 있었다, 그가 바로 팽무천이란 사실을 말이다. 그 옆에 망량도와 혈아라한이 있는 것으로 보아 상황이 어떻게 된 것인지 알 수 있었다.

소성진과 팽무천, 소비연에게는 중요하다 할 수 있는 사람들이 둘이나 목숨을 잃은 것이다.

"죽.인.다!"

소비연의 눈동자가 착 가라앉았다.

그 순간,

화아아악!

분천도에서 거대한 불길이 치솟았다.

티 한 점 없이 맑기만 한 백염이었다.

第八章
일 년

콰앙!

먼저 움직인 것은 바로 팽무천과의 일전에서 살아남은 열여섯 명의 백매대원이었다.

소비연은 무뚝뚝한 표정으로 그들을 바라보며 가볍게 분천도를 휘둘렀다.

너무나 자연스러워서 휘두른 것 같이 느껴지지도 않았다.

그저 간단하게 내지른 듯한 모양새.

하지만 광염의 불길이 스쳐 지나간 자리에는 두 동강 난 다섯 구의 시체가 화염에 휩싸인 채 무저갱 아래로 떨어지고 있었다.

파바밧!

동료들의 허무한 죽음에 분노를 느낄 법도 하건만 남은 백매대원들은 무뚝뚝하게 칼을 휘두를 따름이었다.

소비연은 여전히 굳은 표정으로 분천도를 재차 휘둘렀다.

방금 전까지 보였던 분노 어린 표정과는 전혀 상반된 모습이었다.

차가움!

그의 두 눈에는 한광(寒光)이 어려 있었다.

북해의 얼음과도 같이 차갑기만 한 눈빛…….

너무나도 큰 분노를 가슴에 품은 탓에 생긴 현상이었다.

쉬시시싯!

능광도섬이 수없이 공간을 가르자, 갑자기 천장 위에서부터 불줄기가 내려왔다.

도합 열한 개의 불줄기.

백색 광채는 공간을 찢으며 벼락처럼 남은 백매대원들의 머리 위로 떨어졌다.

흰색 불줄기가 지나간 자리에는 아무것도 남지 않았다.

공허. 이제 소비연은 공간의 제약을 뛰어넘어 광염을 칼날처럼 자유자재로 다룰 수 있게 된 것이다.

그뿐만이 아니었다.

쉬식!

분천도가 공간에 녹아들면서 존재가 사라졌다.

오롯이 소비연, 그만이 홀로 고고하게 서 있을 뿐.

망량도는 재빨리 기감의 감역을 넓혀 분천도의 행방을 찾았다.

분천도는 어디로 간 것일까?

이기어도를 쓴 것 같지는 않다. 그렇다면 신화경의 고수나 쓸 수 있다는 심도합일, 그것일까?

천섬도가 전력을 다해 키워낸 백매대가 전멸했다는 분노도 잠시, 망량도의 두 눈은 차갑게 가라앉아 소비연이 어떻게 공격을 감행해 올 것인지부터 확인했다.

그 순간 위쪽에서 미약하게나마 무언가가 느껴졌다.

"위쪽인가!"

망량도는 재빨리 도를 들어 호신강기를 극성으로 끌어올리며 도벽을 전개했다.

아니나 다를까.

역시나 기감이 말해준 대로 바로 머리 위에서 백색 빛줄기가 떨어지고 있었다.

백염!

너무나 뜨거워서 그 온도마저 느낄 수 없는 불꽃이 벼락이 되어 망량도의 머리를 강타했다.

쩌거걱!

무언가가 갈라지는 소리와 함께 그의 애도가 반으로 갈라져 땅에 떨어졌다.

쨍그랑—

"분명히… 막아… 냈는… 데……!"

망량도는 믿기지 않는다는 목소리로 몇 마디를 중얼거리다 이내 앞으로 풀썩 쓰러졌다.

비록 그 기세를 읽고 전력을 다해 막아내고자 했으나, 백염의 빛줄기를 막아내기에는 역부족이었던 것이다.

그 광경을 바라보고 있던 혈아라한이 작게 떨리는 목소리로 중얼거렸다.

"심어도(心御刀) 무형도강(無形刀?)……!"

마음이 가면 도가 움직인다는 경지, 심도(心刀).

하지만 심도에도 여러 단계가 있으니, 그중 가장 끝에 있는 것 중 하나가 바로 무형도강이었다.

강기는 세상에 존재하는 모든 것을 갈라 버리는 기운이다.

하지만 고수들은 강기의 존재를 읽어낼 수 있기 때문에 강기의 고수와 마주해도 상대할 수 있다.

그러나 도강이 보이지 않는다면? 기감으로도 느껴지지 않는다면? 그 어떤 방어 초식이라도 당할 수밖에 없지 않을까?

그러한 생각에서 시작된 것이 바로 무형도강이었다.

존재하지 않되, 존재하기에 존재를 잘라 버리는 기술.

아마 망량도를 베어버린 벼락과 같은 그 흰색 빛줄기가 바로 소비연의 무형도강이었을 터다.

심도합일의 기술로 도와 하나가 되어 시야가 닿는 곳은 어디든 도강을 발출해 버리는 것이다.

혈아라한은 주먹을 강하게 움켜쥐었다.

'계산 착오였다. 일공자를 처치하고 나서 저자를 상대하려는 게 아니었어. 무리를 하더라도 여의공을 먼저 빼앗아야 되었던 것인데……!'

기실 혈아라한이 그런 선택을 한 것에는 호승심이 없었다고 말할 수는 없었다.

절대자로 살아온 지 백 년에 가까운 세월, 자신과 어느 정도 대적이 가능한 보기 드문 고수들을 만났다.

무인에게 자신과 대등한 이와의 질펀한 싸움은 천금을 주어도 바꾸지 못할 것.

그래서 일공자와 손속을 겨루었다.

겉으로는 여의공을 나중에라도 빼앗을 수 있었다지만, 내심 소비연이 여의공을 빨리 흡수해서 자신과 상대할 수 있기를 바랐다.

고금제일인 중 하나로 꼽히는 무양일신.

그의 모든 것을 이은 자는 얼마나 강할까?

그래서 소비연을 그대로 둔 것인데…….

지금에 와서는,

'너무나 강하다!'

방금 전 그 아이가 맞는 것인지.

분명 일공자조차 제대로 상대하지 못해 쩔쩔매던 녀석인

데, 그깟 내단 하나 흡수했다고 이리 달라지다니.

양손이 식은땀에 흠뻑 젖었다.

혈아라한은 어떤 감각이 몸을 감도는 것을 느꼈다.

그것은 두려움 따위가 아니었다.

호승심!

일신이 저기에 있다! 고금제일 무양일신이!

"대마강수인(大魔罡手印)이다."

초식을 말한다는 것은 승부에 전력을 다하겠다는 뜻.

그 말뜻을 이해한 소비연은 나지막한 목소리로 답했다.

"광염도섬(光焰刀閃)."

일도섬과 능광도섬의 단계를 지나 분천칠도의 정수를 모두 한데 녹인 최후의 절초, 광염도섬.

이것이야말로 분천칠도의 숨겨진 비기였다.

"크아아아아!"

혈아라한은 대자연에 존재하는 기운들을 한데 끌어모으기 시작했다.

전신을 감도는 마기를 한데 응축시켜 일수를 내뻗었다.

우우우웅!

혈아라한의 손바닥이 점점 커지면서 거대한 강기의 파도를 토해냈다.

소비연은 무심한 눈길로 손가락을 가볍게 튕겼다.

퉁!

쿠르릉!

한 줄기 벼락이 떨어졌다.

그리고,

쩌거걱!

대마강수인이 갈가리 찢겨졌다.

소비연은 칠보환천을 밟아 공간을 격하며 혈아라한의 면전에 당도했다.

자신의 최후 절초를 격파당한 혈아라한의 눈동자는 쉴 새 없이 흔들리고 있었다.

"이보⋯⋯!"

"성진이 기다리고 있다."

소비연이 혈아라한의 몸 옆을 스쳐 지나갔다.

그때, 무저갱 아래에서 한줄기 바람이 불어와 혈아라한의 몸을 뒤덮었다.

그는 무언가를 이야기하려는 자세 그대로 굳어져 파각, 하는 소리와 함께 가루가 되어 부서져 내렸다.

팟!

이윽고 소비연은 땅을 강하게 박차 오관의 철문 너머로 몸을 날렸다.

절혼령의 각성, 두 번째 단계인 대성을 이룬 자의 뒷모습이었다.

그리고 일 년이 흘렀다.

*   *   *

휘이이잉!

거친 바닷바람이 불어온다.

쏴아아, 배가 물결을 가르자 흰색 파도가 넘실거린다.

한때 절강무회의 회주를 역임했던 막운휴는 짭짤한 바다 향을 느끼면서 저 멀리 넓게 펼쳐진 푸른색 세상을 보았다.

"벌써 일 년이 흘렀나……."

그는 아득한 눈빛으로 바다를 보았다.

동해 바다를 지나가는 배의 돛에는 '중무련(中武聯)'이라는 글자가 새겨져 펄럭이고 있었다.

"무엇을 생각하시는지요?"

그때 막운휴의 옆으로 한 중년 여인이 다가왔다.

"오셨소, 검후?"

그녀는 바로 보타산의 주인이자 검각을 맡고 있는 검후였다.

절강무회주와 검각주, 전혀 관계가 없을 것 같은 그들이 왜 이곳에 있는 것일까?

"무엇을 그리도 고심하며 생각하시기에 그렇게 얼굴이 수척하신 겁니까?"

검후는 따스한 목소리로 막운휴에게 물었다.

그들이 같이 움직인 지도 벌써 일 년.

처음에 서먹했던 관계는 이제 숱한 사선을 같이 넘나들며 전우애가 느껴질 정도였다.

"이 혼란한 정국이 벌써 일 년이나 흘렀구나, 그런 생각을 하고 있었소."

검후의 얼굴이 살짝 굳어졌다.

지난 일 년 동안 있었던 일들이 주마등처럼 머릿속을 훑고 지나간 탓이었다.

삼십 년 정마대전보다 더 지독했던 날들…….

일신무총이 열린 이후, 강호는 지독한 혼란에 빠져들었다.

서쪽에서는 칠년지약으로 휴전 협정을 맺었던 마교가 사천을 급습하고, 남쪽에서는 옛 팔황새의 후예들이 연맹체를 이루고 전진해 왔다.

가뜩이나 남북대전으로 몸살을 앓고 있던 강호는 제천궁 말고도 그들을 집어삼키고도 남을 만한 거대한 적을 둘이나 더 맞이해 버린 것이다.

다행히 마교는 물론이고, 팔황새까지 전성기 때의 힘의 절반밖에는 되지 않아 여차저차 어떻게든 막아낼 수는 있었지만, 제천궁의 파죽지세와 같은 북진은 정말이지 막아내기가 어려웠다.

그 때문에 기존 강호의 오랜 토착 세력이었던 구대문파와 오대세가가 큰 타격을 입고 말았다.

특히나 구대문파의 오랜 정신적 지주였던 망아 성승과 오대세가의 수뇌, 굉음벽도 팽무천의 실종으로 인해 피해는 더욱 컸다.

구파 중 소림, 무당, 종남을 제외한 대부분의 문파들이 봉문을 하거나 멸문당하였으며, 특히나 옛날부터 휘청이던 화산은 아예 주춧돌 하나 남기지 못하고 세상에서 사라지고 말았다.

오가 중에서는 남궁가와 당가가 큰 타격을 입고 봉문하거나 멸문당하였으나, 그나마 팽가와 제갈가가 중소 문파 세력과의 연계를 꾀해 도리어 반격까지 해내는 쾌거를 구가했다.

특히나 팽가의 여식인 팽시영이 강호 전역을 두 발로 뛰어다니며 제이의 정도맹을 구성할 것을 건의했는데, 그로 인해 새로운 연합체가 건립되었다.

중무련.

바로 막운휴와 검후가 소속된 단체였다.

팽가와 제갈, 검각과 절강무회가 주축이 되어 만들어진 정도맹이었다.

그들은 장강과 동해를 두고 적들과 격전을 벌였는데, 그 때문에 적들은 장강에서 큰 피해를 입곤 했다.

특히나 옛 팔황새의 후예인─정확하게는 포달랍궁, 살막, 독왕곡인 삼황새─천황새(天荒塞)는 수전에 많이 약할 수밖에 없어 중무련에 비교적 많이 약세를 보였다.

여하튼 강호는 그리하여 크게 네 개의 세력으로 갈리게 되었다.

중무련, 천황새, 제천궁, 마교까지.

떠들기를 좋아하는 호사가들은 그들을 일으켜 천하사세(天下四勢)라 불렀다.

하지만 그들 중 가장 많은 피해를 입은 것은 바로 중무련이었다.

다른 삼세들은 대부분 우호적 관계를 유지하고 중무련을 공략했다.

하지만 그때마다 중무련은 제갈가의 탁월한 지휘 아래 용맹무쌍하게 대항해 왔다.

천 년 중원무림 역사의 저력인 셈이었다.

지금 역시 그러했다.

중무련의 십대봉공(十大奉公)에 속해 있는 검후와 막운휴는 현재 련주의 밀명을 받고 소수 정예대를 이끌고 어느 지점으로 이동하고 있는 중이었다.

"천중전란, 정마대전… 그보다 더한 시대인 셈이죠."

"그러게나 말이오. 얼마나 더 이 지긋지긋한 싸움을 해야 하는 것인지. 정마대전만으로도 이미 전쟁은 질렸는데 말이오."

둘의 대화가 계속될 무렵,

"걱정 마세요. 이제 곧 전쟁은 끝날 테니까요."

뒤편에서 여인의 청아한 목소리가 들려왔다.

검후와 막운휴는 뒤로 돌아 그 여인에게 포권지례를 올렸다.

"오셨습니까, 군사?"

"오셨소?"

나이가 지긋한 검후와 막운휴가 예의를 갖추는 이임에도 불구하고 여인은 젊어 보였다.

경국지색, 낙어침안… 그 수많은 표현도 가져다 댈 수 없는 미모를 자랑하는 여인.

미모만큼이나 타고난 총명한 머리로 중무련의 군사를 역임하고 있는 강남제일미 남궁린이었다.

십대봉공 중 한 명이기도 한 그녀는 명실상부한 중무련의 서열 이 위에 해당하는 중요 간부였다.

오래전 가문이 멸문한 이후 강호에서 종적을 감추었던 그녀가 어째서 이곳에 있는 것일까?

"한데, 곧 전쟁이 끝날 것이란 뜻을 여쭈어도 되겠습니까?"

막운휴는 조심스레 남궁린에게 물음을 던졌다.

남궁린은 화사한 미소를 지으며 답했다.

"그야 이번 임무만 성공할 수 있다면 다른 삼세와의 싸움에서 절대적인 우세를 점할 수 있을 테니까요."

"절대적인 우세… 말씀이십니까?"

우세라.

지금도 중무련의 저력이 약한 것은 아니었다.

그렇지 않았더라면 벌써 다른 삼세에 잡아먹히고도 남았을 테니까.

중무련을 제외한 천하삼세는 노골적일 정도로 연계하며 중무련을 압박해 왔다.

그때마다 중무련이 살아남을 수 있었던 이유는 남궁린의 신묘한 계책과 팽팽한 세력 견제 때문이었다.

하지만 그뿐이었다.

'절대적'이라는 단어가 붙을 정도로 이기고 있는 것은 아니었다.

"방도가 있습니까?"

남궁린은 막운휴를 지그시 바라보았다.

막운휴는 '엇험!' 헛기침을 하며 고개를 비스듬히 돌렸다.

비록 딸같은 존재이긴 해도 예쁜 여인과 시선을 나누노라면 얼굴부터 붉어졌다.

그는 아직 늦은 나이임에도 불구하고 혼인을 하지 않은 총각이었던 것이다.

남궁린은 싱긋 웃으며 답했다.

"소호(巢湖)와 합비(合肥), 두 곳만 중무련의 수중에 넣을 수 있다면 최소한 이기지는 못해도 전쟁을 끝낼 수 있는 방법이 생긴답니다."

*　　　*　　　*

퍼퍼펑!

폭죽이 터지듯이 수많은 폭발이 일어난다.

백색 불길이 세상을 집어삼킬 듯이 거칠게 움직이며 혓바
닥을 날름거렸다.

그때마다 수많은 전각들이 별다른 힘도 써보지 못한 상태
로 무너져 내리고, 그곳에 있던 사람들은 공간을 가르고 날아
든 바람칼에 베어져 시체가 되어버렸다.

화르르륵!

"크아아악! 어째서! 어째서 나에게 이런 일이 생긴단 말이
냐!"

마검살호(魔劍殺虎) 도유종은 피를 토하듯 소리쳤다.

그는 본디 천마신교의 고수로서 현재 호남성을 맡고 있는
환도맥의 총수를 맡고 있었다.

중원으로 넘어갔던 환도맥주의 사후, 그는 가슴속에 숨겨
두었던 웅심을 터뜨려 환도맥을 손에 넣는 데 성공했다.

그가 맥주가 된 이후 가장 먼저 시작한 것이 바로 환도맥의
기반을 호남성으로 옮기는 작업이었다.

도유종의 꿈은 컸다.

천마신교의 울타리에서 벗어나는 것!

그래서 당당하게 강호를 호령하는 환도문의 문주가 되고 싶었다.

지난 일 년 동안 도유종과 환도맥은 호남성 지방에 커다란 세력을 가지게 되었다.

기존에 있던 토호 세력들을 숙청하는 방법을 통해 그들은 막대한 이익을 창출하고, 천하사세 중 하나로 불리는 마교에 영원한 충성을 맹세함으로써 안전한 기반을 확보했다.

그 후 도유종은 확신했다.

환도맥, 아니, 환도문은 이제 호남성의 패자가 되었다.

저 살기가 궁핍한 서쪽 신강 대지가 아닌 모든 물산이 풍부한 강호에 살고 싶다.

그래서 천하사세의 쟁패(爭覇)가 모두 끝난 후에는 이 드넓은 천하를 가슴에 안고 싶다는 생각까지 하게 되었다.

하지만 그 꿈도 오늘까지였다.

천마신교의 역사와 함께했던 환도맥은 이제 무너지고 있었다.

화르륵!

타오르는 불꽃, 널브러진 시체.

고수라 할 수 있는 이들은 정체를 알 수 없는 불줄기에 휩싸여 모두 세상에서 사라지고 말았다.

살아남은 것은 고수라고 하기 힘든 일반 무사 몇몇과 도유종뿐.

어디에서부터 화마가 시작되었는지도 모르겠다.

갑자기 시작된 불줄기는 도유종이 지난 일 년 동안 죽을힘으로 쌓아둔 기반들을 송두리째 집어삼켜 버렸다.

마른하늘의 날벼락. 딱 그 꼴인 셈이었다.

"으아아아아아!"

도유종은 제자리에 주저앉은 채 울부짖었다.

환도문이 무너진다… 꿈이 사라져 간다……!

그때, 도유종의 머릿속으로 무언가가 떠올랐다.

이런 일, 예전에도 있었지 않았나?

수년 전에 무간뇌옥에 가둬두었던 소교주의 재등장, 그와 함께 벌어진 화마와 혈겁……. 그때도 교는 불줄기에 휩싸였었다.

그렇다면?

"비연! 으아아아아아!"

"오랜만이야, 살호."

스윽—

공간이 일렁이면서 불꽃이 사방으로 갈라졌다. 누군가가 모습을 드러냈다. 소비연이었다.

그랬다.

지금 환도맥에 닥친 살겁은 바로 소비연이 일으킨 것이었다.

그는 멀리서 심어도의 일종인 무형강기를 이용해 환도맥의 마인들을 격살시키고 그 기반을 송두리째 태워 버린 것이다.

환도맥은 오랫동안 천마신교를 유지해 왔던 다섯 기둥 중 하나.

그 저력은 구파의 세 곳과 합쳐도 절대 뒤지지 않았다.

하지만 소비연은 이미 그보다 먼저 천하를 상대로 질풍행로를 일으켰던 자. 거기다 지금은 그때보다 몇 배는 더 강해진 상황이었다.

절대고수가 아닌 이상 그것이 초절정의 고수 수백이라 하여도 소비연을 이기지는 못했다.

이미 그는 공간을 지배하는 신의 반열에 들어선 사람이었으니까.

"오 년 전, 내가 무간뇌옥에 갇히고 난 이후 처음인가?"

소비연이 무간뇌옥에서 다시 나왔을 때에 도유종은 모종의 임무를 띠고 천산을 비운 상황이었다.

그가 다시 돌아왔을 때에 천산은 이미 발칵 뒤집어진 상태였다.

소비연은 마검살호 도유종이라는 인간을 절대 잊을 수 없었다.

당시 환도맥주였던 유현의 오른팔로서 그를 궁지로 몰아넣는 데 가장 힘을 썼던 사람이었으니.

"죽이겠다, 비연!"

"그건 내가 할 소리다. 나는 절대 그때 그 일을 잊지 못해. 나 하나만이라도 살리고자 처절히 몸부림쳤던 수하들, 그들을 웃으면서 잔인하게 베어버렸던 네 녀석. 수년이 지난 오늘에서야 그 복수를 할 수 있게 되었다."

"개자식! 죽여주마!"

"바라던 바다."

도유종은 검을 들고 달려들었다.

소비연은 그 모습을 냉소를 지으며 지켜보았다.

"강자에게나 들러붙는 해충과도 같은 존재이면서 제 자신은 잘난 줄 아는 쓰레기. 너 같은 녀석들에게 죽은 수하들의 원혼이 내 귓가에 자꾸만 속삭여 댄다. 너를 빨리 자기들이 있는 곳으로 보내달라고."

분천도가 공간 속으로 녹아들었다.

쉬시시식!

그리고 불어닥치는 수십 개의 칼바람.

도유종은 달려오던 자세 그대로 칼바람에 난도질을 당했다.

서거걱!

비명 소리조차 남기지 못하고 그는 가루가 되어 사라졌다.

파아아아!

소비연은 그 모습을 마지막까지 지켜보다가 이내 뒤로 돌아섰다.

"기대하고 있는 게 좋을 거다. 너의 뒤를 따라갈 이들은 아직도 많으니까."

퍼거걱!

소비연이 사라진 자리 위로 환도문이라 적힌 간판이 떨어져 내렸다.

그리고는 이내 검은 재만이 휘날리며 이 자리에 환도맥이 있었음을 말해주었다.

"정말로 독하군."

소비연은 불줄기를 가르며 환도맥이 있던 곳을 빠져나왔다.

그러자 한 중년인이 스르륵! 하고 등장했다.

절대고수들도 깜짝 놀랄 만한 대단한 은신술이었지만, 소비연은 무덤덤한 표정으로 그를 대했다.

"무엇이 말이오?"

"환도맥을 말하는 것이다. 그래도 한때는 너를 따르던 마교의 기둥이 아닌가? 그런 사람들을 저렇게 베어버리다니. 독하다는 생각밖에는 들지 않는군."

"이미 오래전부터 환도맥은 본 교와 다른 노선을 걷던 이들이오. 그리고 나 역시 한때 마인이었던 자. 원수를 갚는 것이 무엇이 잘못되었단 말이오? 당신 또한 나와 같은 길을 걸었다면 다르지 않을 텐데."

"하긴."

중년인은 피식 작게 웃음을 지었다.

하지만 싸늘한 표정을 자랑하는 중년인의 웃음에서는 살기가 물씬 풍겼다.

소비연은 인상을 살짝 찌푸렸다.

"혼살(魂殺), 분명히 제 앞에서는 살기를 피우지 말라고 하지 않았소?"

강호인들이 들었다면 놀랄 일이었다.

성란육제 중 삼마에 속하며 비제(飛帝)라 불린다는 자, 혼살.

그의 정체는 본래 천마신교의 교주를 옆에서 호위하는 호위무사이자 살수였다.

하지만 교주인 대마종이 독살을 당해 죽음의 위기에 처하고 덩달아 소교주인 비연마저 무간뇌옥에 갇힌 이후로 마교에서 종적을 감추었었다.

그런 자가 어찌 이곳에, 그것도 소비연과 함께하고 있단 말인가?

사실 혼살이 소비연의 뒤를 따르기 시작한 지는 그리 오래된 것이 아니었다.

마교가 천하사세에 속하고 새로운 정마대전을 일으키려던 어느 날, 혼살은 강호의 유명 주루 곳곳에 흔적을 남겨두었다.

교주와 그 뒤를 이을 소교주만이 알고 있는 흔적을 말이다.

소비연은 혹여 마교의 함정인가 싶었지만, 혼살의 성정을 떠올리고는 혼살과 접촉을 가졌다.

물론 그 배경에는 마인 수백 명이 달려들어도 모두 물리칠 자신감도 저변에 깔려 있었다.

혼살은 소비연에게 서신 하나를 주었다.

바로 혁리빈현이 목숨을 잃기 전에 남긴 전서였다.

소비연은 하나뿐인 사제의 죽음에 울분을 토하다가, 그를 죽음으로 몰아넣은 마교에 대해 복수를 하기로 마음먹었다.

그동안 겉으로 활동하지 않고 암중에 움직여 세력을 결집시켰던 것과는 전혀 상반된 행동인 것이다.

여하튼 그렇게 가장 먼저 척살 대상으로 결정지어진 것이 바로 환도맥이었다.

호남성에 도유종이 환도맥의 본단을 세웠단 것을 알고 이리 홀로 움직였다.

그리고 결과는 지금 펼쳐진 불바다였다.

환도맥의 모든 것이라 할 수 있는 수뇌부와 고수들을 깡그리 몰살시켰으니, 이제 환도맥이라는 마교 지류는 다시는 일어설 수 없을 터였다…….

"미안하군. 아직도 살기를 숨기는 데에는 익숙지 않아서 말이야."

혼살은 간단히 너스레 아닌 너스레를 떨었다.

소비연은 아무런 대꾸도 없이 저벅저벅, 앞으로 걸어갔다.

"성수곡에 연통은 넣어보셨소?"

혼살은 소비연의 뒤를 따라 걸으며 고개를 끄덕였다.

"방금 전에 답신이 왔다."

혼살은 소비연에게 서찰을 하나 건넸다.

소비연은 그것을 받아 쭉 훑어보았다.

비 랑, 소녀는 얼마 전에 성수곡에 도착하여…….

성수신의(聖手神醫)의 도움을 받아 교주님의 치료약에 대한 것을 듣게 되었어요. 하지만 교주님께 들어간 독은 일반 해독약으로는 불가능하여…….

그래서 저는 당분간 더 이곳에서 머물면서 성수신의 어르신 옆에서 해독약을 만드는 데 도움을 드려야 할 것 같아요.

그러니 제가 돌아갈 때까지 몸 건강히 계시길.

혼살이 귀띔을 넣었다.

"마중화는 잘 있는 것 같더군. 그리고 믿을 만한 소식통에 의하면, 성수곡에 당가의 사람들도 들어간 것 같다."

"당가가 말이오?"

"마교와 천황새의 등장으로 말미암아 가장 큰 피해를 입은 곳 중 한 곳이 바로 당가지. 의와 독은 불가분의 관계, 그들이

마교와 천황새를 피해 성수곡으로 피신한 것도 이상한 일은
아니다."

성수곡은 강호의 전설 중 한 명인 신의(神醫)가 산다고 알
려진 곳이다.

소비연은 그곳으로 유수연을 보내 대마종의 독을 치료할
수 있는 해독약을 구하도록 했다.

하지만 천하의 대마종의 목숨을 오락가락하게 만든 독이
니만큼 그 해독약을 제조하는 데 많은 힘이 드는 듯싶었다.

그러나 혼살의 말이 맞는다면 독의 조종이라 불리는 당가
사람들도 도움을 줄 것이니, 해독약의 제조는 더욱 속도를 박
차리라.

"후우……."

소비연은 맑디맑은 하늘을 올려다보았다.

정신없이 뛰어온 일 년.

하지만 앞으로도 얼마나 더 뛰어야 할지 잘 모르겠다.

'성진, 너라면 어떻게 했을까?

第九章
신도북행

神刀無雙
신도무쌍

지난 일 년 동안 소비연은 강호 전역을 숱하게 돌아다녔다.

우선 그는 일신무총을 나와 황산의 최고봉 정상에 진성과 팽무천의 무덤을 만들어주고 나서 합비로 이동했다.

모처에 있다는 남궁린과 유수연을 구하기 위해서였다.

진성은 소비연에게 모든 진실을 말하면서 남궁린과 유수연이 있는 곳의 위치를 말해주었다.

그의 말에 따르면, 혹여나 회주가 자신의 계책을 알게 되면 그녀들을 인질로 삼아 소비연을 막으려 들지도 모르기 때문에 미리 자신이 구해준 것이라고 했다.

그러면서 덧붙이길, 남궁가는 가문의 원수지만 그 딸에게
는 죄가 없기 때문에 가주에게만 죗값을 물었다고 했다.

소비연은 바로 그 길로 진성이 그동안 숨어 지냈던 합비 인
근의 함산(含山)에 도착했다.

기관진식을 뚫고 들어가자, 그녀들이 있는 것으로 생각되
는 모옥이 발견할 수 있었다.

소비연은 모옥에서 한 노인을 만났다.

이전에 무양가에서 마주쳤던 바로 그 노인이었다.

노인은 스스로의 이름을 곤이라 밝히며 한때 소가장의 노
복으로 지냈다고 했다.

곤은 유수연과 남궁린을 소비연에게 넘겨주면서 말했다.

"소주께서는……?"

그가 말하는 소주(少主)는 바로 진성을 가리키는 뜻일 터였
다.

소비연은 무총에서 있던 일들을 말하지 않을 수가 없었다.

곤은 진성의 최후를 듣고 나서 눈물을 흘렸다.

"역시나 그리 가셨군요. 하아 아가씨도 그리 떠나셨는
데……. 하지만 여전히 그분의 의지와 바람은 공자님께 이어
지고 있으니, 저는 이제 죽어도 여한이 없습니다."

곤은 어느샌가 품에서 소도를 꺼내 자신의 목을 찔러가고
있었다.

소비연은 재빨리 그 소도를 튕겨냈다.

곤은 어째서 자결도 마음대로 하지 못하게 하느냐는 원망스러운 눈초리로 소비연을 바라보았다. 그에 소비연은 따스한 미소를 지으며 말했다.

"아직 소가장은 무너지지 않았소. 그러니 그곳의 하인이었던 당신의 목숨은 함부로 끊을 수 없소. 그 목은 나의 것이니까."

그 말에는 다시 가문을 세우고, 곤을 가문의 심복으로 받아들이고 싶다는 의중이 담겨 있었다.

곤은 눈물을 주르륵, 흘렸다.

당시 혈겁이 없었더라면 소비연은 소가주가 되어서 한창 소가장의 대소사를 맡고 있었을 사람.

그런 사람이 그리 말하는데 어찌 쉬이 목숨을 끊을 수 있을까.

곤은 그 자리에서 머리를 쿵쿵, 내려찍으며 그 목숨이 다할 때까지 가주의 옆을 지키겠노라고 맹세했다.

그 뒤로 소비연과 곤은 남궁린과 유수연에 가한 금제를 모두 풀어주었다.

정신을 차린 그녀들은 한편으로는 소비연과의 재회를 기뻐했지만, 또 다른 한편으로는 진성을 찾고자 했다.

소비연은 곤에게 말했던 것처럼 그녀들에게 모든 진실을 다 말하고, 앞으로 그들의 거취에 대해 물었다.

그때 마침 한창 강호는 천황새와 마교의 등장으로 어수선

했던 상황.

남궁린은 고민도 하지 않고 정도맹을 다시 만들겠노라고 말하며 팽시영이 있는 하북팽가로 들어가고자 했다.

유수연은 한참이나 자기가 갈 곳을 정하지 못했다.

고향인 마교가 있었지만 오랫동안 떨어졌던 연인의 곁에 있고 싶어했기 때문이다.

하지만 소비연은 할 일이 많다는 이유로 곤을 그녀에게 붙여주며 가족들과 함께 일단 신강으로 돌아가 있으라고 말했다.

소비연은 그렇게 두 여인의 눈물을 뒤로하고 강호로 돌아왔다.

그 이후 그는 천황새와 마교, 제천궁의 힘을 억누르기 위해서 두 발로 강호 전역을 누볐다.

그 소득으로 검각과 절강무회, 팽가가 연대를 꾀하며 제이의 정도맹이라 할 수 있는 중무련이 탄생했다.

그는 중무련을 결성하는 데에 큰 도움을 주었음에도 겉으로 모습을 보이지 않고 음지에서 활동하였다. 천지회의 이목으로부터 몸을 숨기기 위해서였다.

그러는 한편, 단재청과 간간이 연락을 주고받는 것을 잊지 않았다.

새로운 사파의 거두라 불리는 그를 통하면 천하 쟁패의 판도에 새로운 물결을 줄 수 있었다.

지금 소비연과 혼살이 이동하는 곳도 바로 녹림의 총단이
있는 천자산(天子山)이었다.

　소비연과 혼살은 천자산의 험준한 산세를 올랐다.
　이윽고 산에 오른 지 얼마 지나지 않아 뿌연 안개가 그들의
앞을 막아섰다.
　한번 발을 들이면 다시는 나올 수 없을 듯한 험지.
　살을 찌르는 기운이 물씬 풍겨왔다.
　혼살은 재미있다는 표정을 지었다.
　"만사미로진(萬邪迷路陣)이로군. 요하궁이 멸문한 이후로
사파의 진계(陣界)의 맥은 끊어졌다고 생각했는데, 그것이 아
니었나 보군."
　"귀곡자(鬼谷子)가 아직 살아 있다고 들었소."
　"그 늙은이가 아직 살아 있다고?"
　감정 표현이 서툰 혼살이 놀랄 정도로 귀곡자가 이곳 천자
산에 있다는 말은 충격적인 일이었다.
　기관진식의 아버지라 불리는 귀곡자. 칠십 년 전에 사라졌
다는 그가 어찌 아직도 살아 있는 것인지.
　가진바 명성에 비해 무공도 높지 않다고 알려진 그가 백이
넘는 나이에 살아 있다는 사실이 퍼져 나가면 과연 세상 사람
들은 어떤 표정을 지을까?
　"귀곡자가 설치한 진이라면 진짜라는 얘기로군. 그런데 이

진식을 뚫을 방도가 있나?'

귀곡자가 설치한 진은 제아무리 절대고수라 하여도 한번
휘말리게 되면 절대 빠져나올 수 없다고 알려져 있다.

귀곡자가 오명을 입은 것은 딱 한 번뿐, 건패가 가진바 힘
으로 진을 무너뜨렸을 때 외에는 없었다.

소비연은 피식 웃음을 지었다.

"누가 이 진을 뚫는다고 하였소?"

"그러면?"

"부수면 그만이지."

"제정신으로 하는 말인가?"

소비연은 아무런 대꾸도 없이 만사미로진 안쪽으로 발을
성큼 내밀었다.

혼살은 '이곳의 총표파자가 의제라면 안쪽에서부터 열어
달라고 해도 될 것을 꼭 저리 말해야 되나?' 라고 투덜거리며
그 뒤를 따랐다.

이윽고 얼마 지나지 않아 천자산 봉우리에서 커다란 폭발
이 일었다.

쿠콰쾅!

"뭐야, 이 소리는?"

"적이다! 비상! 비상!!"

천자산 일대가 시끄러워졌다.

천자채(天子寨)의 사람들은 감히 녹림왕이 있는 산채를 공

격한 간 큰 인간들이 누구인지 확인하기 위해 우르르 쏟아져
나왔다.

한편으로는 만사미로진을 뒤흔들 정도의 공격을 감행한
이들이 만만치 않을 거라는 생각에 긴장을 단단히 하는 것을
잊지 않았다.

이윽고 만사미로진이 펼쳐진 숲 위로 다시금 모래가 솟구
쳤다.

퍼퍼펑!

우르르르ㅡ

산채가 뒤흔들릴 정도의 굉음과 폭음이 연달아 터졌다.

"아이고! 내 새끼가! 내 새끼가 죽는다! 이놈들아, 어떻게
해보아라! 내 새끼를 죽이려는 놈을 어떻게든 해봐!"

만사미로진을 설치한 공로 때문에 천자산의 봉공으로서
편안한 말년 생활을 보내고 있던 귀곡자는 난데없이 들이닥
친 상황에 정신을 차리지 못했다.

귀곡자는 당장 천자채에 쳐들어오는 놈들을 죽이라며 길
길이 날뛰었다.

하지만 주위 산적들은 떨떠름한 표정을 지을 따름이었다.

그도 그럴 것이, 만사미로진을 뚫고 올 정도의 녀석들이라
면 일단 엄청난 고수이지 않겠는가.

지금 달려드는 것은 불나방이 되는 꼴이나 마찬가지였다.

게다가,

"만사미로진은 적아를 안 가리지 않습니까? 괜히 호승심에 뛰어들었다가 같이 미로진에 섞여 아사해 죽기는 싫습니다."

"제아무리 대단한 고수라 하여도 미로진을 모두 뚫지는 못할 것입니다. 저래 보여도 어르신께서 전력을 다해 설치한 진이 아닙니까?"

"그, 그렇겠지?"

한 산적의 말에 귀곡자의 얼굴이 그제야 조금 풀렸다.

자신이 생각해 봐도 만사미로진을 뚫을 만한 고수는 세상에 존재하지 않았다.

칠십 년 전, 건패와 같은 인간 같지도 않던 녀석을 제외한다면!

하지만 귀곡자는 알아야 했다.

세상에는 건패와 마찬가지로 인간 같지 않은 사람이 꽤나 많다는 것을 말이다.

쿠쿠쿠쿵!

다시 굉음이 터졌다.

만사미로진을 이루고 있던 진축들은 반동파를 이겨내지 못하고 끝에서부터 조금씩 금이 가기 시작했다.

"저, 저, 저걸… 어떻게 해봐……!"

귀곡자는 조금씩 깨지려는 만사미로진을 보며 부들부들 몸을 떨었다.

그리고 다시 굉음이 울리면서 진축이 동시에 폭발했다.

콰르릉!

"대체 이게 무슨 소리야!"

그때 본채에서 장신의 자글자글한 턱수염을 기른 사내가 등장했다.

사내는 한쪽 어깨에 제 머리통만 한 크기의 도끼를 얹고서 소리쳤다.

그제야 주위 산적들은 사내를 발견했다.

"미로진이 무너지려 합니다!"

"뭐?"

사내는 자욱하게 모래 안개가 인 곳을 향해 눈을 부라렸다.

만약 천하사세 녀석들의 짓이라면 당장에라도 대갈통을 도끼로 찍어버리기 위해서였다.

그때 저쪽에서부터 커다란 기파 두 개가 포착되었다.

사내는 '쩝!' 하고 입맛을 다셨다.

"얘들아! 손님 맞아라."

"예?"

"그게 무슨 뜻입니까, 채주?"

천자채의 채주이자 모든 녹림도들의 왕이라 불리는 녹림 대왕 단재청은 제 생긴 것만큼이나 무섭게 얼굴을 일그러뜨리면서 답했다.

"손님들 맞으라고! 귀곡자 어르신은 약재실에다 모셔다 드리고!"

이윽고 모래 안개가 가라앉으면서 두 명의 사내가 모습을 드러냈다.

천자채의 산적들은 두 사내를 향해 살기를 내뿜었다.

보통 사람들이라면 그 자리에서 바로 졸도할 만큼 위력적인 살기들이었지만 그들은 아무렇지도 않은 표정이었다.

그것은 곧 그들이 만사미로진을 헤치고 나온 고수라는 뜻.

팽팽한 대치 상황이 계속되는 가운데, 두 사내 중 한 사내와 단재청이 서로 시선을 교환했다.

단재청이 무어라 말을 하려는 그때, 험악한 인상을 자랑하는 중년인, 혼살이 입을 열었다.

"당장 살기를 지우지 않는다면 여기에 있는 모든 놈들의 목을 다 따버리겠다."

"……!"

광오한 한마디였다.

감히 녹림칠십이채 중에서 최고라 불리는 천자채에서 그런 말을 입에 담는 자가 있을 줄은 몰랐다.

하지만 산적들은 정말 저 중년인이 마음만 먹는다면 그들의 목숨을 모두 거둘 수 있을지도 모른다는 생각이 들었다.

저 이글대는 눈빛!

오랜 산적 생활을 통해 얻은 경험으로 말해보자면, 저런 눈빛을 가진 자들은 대개 일을 크게 치는 자들이었다.

"정체를 밝혀라! 그대들은 아군으로서 왔는가, 적으로서 왔는가?"

움찔대던 산적들 중 성정이 급한 한 사내가 앞으로 한 발 나섰다.

혼살은 사내를 보며 물었다.

"이름은?"

"나 거치랑도(鋸齒狼刀) 선우성이다! 내 이름을 묻는 너의 이름은 무엇이냐?"

거치랑도 선우성이라면 사파 출신으로, 신주삼십이객에 속할 정도로 뛰어난 고수였다.

낭인계에 몸을 담고 있는 그가 어찌 이런 한적한 산적 소굴에 있을까?

더군다나 이곳 천자채에서는 선우성과 비슷하거나 약간 떨어지는 정도의 고수들이 꽤나 많았다.

그야말로 복호지처(伏虎之處).

때를 기다리는 맹수들이 몸을 움츠리고 있는 장소인 셈이었다.

하지만 혼살의 눈에는 잘난 체하길 좋아하는 놈들이 모여 있는 것으로밖에는 보이지 않았다.

"너따위 놈이 알 필요는 없다."

"감히!"

선우성은 분노를 드러내며 혼살에게 달려들었다.

그때까지도 소비연과 단재청은 말릴 생각은 않고 묵묵히

그들을 지켜보았다.

혼살은 퇴보를 밟아 가볍게 공격을 피해냈다. 동시에 허리춤에서 검을 뽑아 검면으로 녀석의 복부를 후려쳤다.

퍽!

"커억!"

선우성은 피를 토하며 저만치 날아가 고꾸라졌다.

입에 게거품을 물고 눈동자가 뒤로 뒤집혀진 것이, 기절한 게 분명해 보였다.

"다음."

혼살은 별 감흥 없는 목소리로 말했다.

일순 천자채는 조용해졌다.

선우성을 단번에 제압할 정도의 고수라면 최소한 초절정이거나 절대위에 오른 고수라는 것을 의미했기에.

"감히 내 산채에서 내 가족을 때리다니, 겁대가리를 상실한 모양이로군."

단재청이 어슬렁어슬렁 밖으로 걸어나왔다.

도끼를 부웅, 부웅, 하고 휘두르는 모양새가 한판 뜨자는 뜻과 상통했다.

혼살은 살짝 고개를 뒤로 돌려 소비연을 바라보았다.

단재청이 그의 의제임을 알기에 의견을 물어보는 것이었다. 소비연은 가만히 작게 미소를 짓는 것으로 답을 대신했다. 그리고 그것은 충분한 대답이 되었다.

"곰탱이, 하늘이 무서운 줄 모르는가 보군."

"비실비실한 것이 영락없는 해골 같이 생겨서는. 잔말 말고 덤벼. 형님, 죄송하지만 형님 대신 제가 수하 녀석을 좀 길들여야겠습니다."

"마음대로."

이번에도 역시나 소비연은 짤막하게 답했다.

그제야 소비연을 발견한 산적들은 침을 꼴깍 삼켰다.

분명 채주가 '형님' 이라고 말했다.

그렇다면 저 사람이 바로…….

산적들의 생각이 끝나기도 전에 혼살과 단재청의 충돌이 시작되었다.

콰콰콰쾅!

혼살의 빠른 일격필살과 단재청의 무거운 일격타.

비슷하지만 전혀 상반된 기운이 충돌을 벌이자, 둔탁한 파공음이 공간을 천자산을 뒤흔들었다.

혼살은 단재청과 일격을 나눈 후, 작게 이마를 찌푸렸다.

무식하게 생겨서 쉽게 상대할 수 있을 거라고 생각했는데, 의외로 지닌바 힘과 경지가 그에 못지않게 강한 탓이었다.

'신주삼십이객의 고수라고 하더니… 지난 일 년 사이에 커다란 발전이 있었단 말인가.'

단재청은 소비연에게 전해 받은 진혼신공과 무총에서 얻은 무공들을 바탕으로 큰 깨달음을 얻어 절대위의 경지에 발을 들였다.

그 후로도 꾸준히 수련을 했기 때문에 이제는 혼살에 못지
않은 실력을 지니게 되었다.

선우성 같은 고수들이 하나둘씩 단재청의 밑으로 모여드
는 것도 바로 그런 이유에서였다.

사파의 별이 될 사람.

사도삼세의 붕괴 이후로 급속도로 몰락한 사파에게는 절
대고수의 부재라는 뼈아픈 약점이 있었다.

하지만 이제 젊은 나이에 절대위에 오른 이가 있으니 사파
가 다시 득세하는 것도 꿈만은 아닐 터.

지난 칠십 년간 음지로 숨어들었던 사파의 꿈을 이루고 싶
다는 단재청의 말은 각지에 흩어진 사파 고수들의 가슴을 뒤
흔들어 놓아, 천자채가 커지게 되는 원동력을 낳게 되었다.

그 때문에 천자채뿐만 아니라 녹림의 칠십이채는 이제 더
이상 산적 소굴이 아닌, 사파인들의 중심이 되어가고 있었다.

그들이 다시 세상에 모습을 드러내는 순간, 사파는 다시 한
번 강호를 향해 커다란 포효를 내지를 수 있으리라.

혼살은 단재청과 몇 번 손을 나누고 난 이후에 그러한 것들
을 깨달을 수 있었다.

그동안 변변한 세력도 없이 별다른 취급을 받지 못했던 이
들이 한데 모일 수 있는 데에는 이런 힘이 있었구나, 하는 생
각이었다.

또한 한편으로는 새로이 호승심이 생겨났다.

얼마 지나지 않는다면 종사의 반열에 오를 이 사내가 얼마만큼 더 성장할 수 있는지 궁금해진 것이다.

이미 썩을 대로 썩어 모로 기울어지는 마교에 새로운 바람을 불어줄 수 있는 방법을 구할 수 있을까 싶어 칼을 움켜쥐는 손길에 힘을 더했다.

단재청 역시 상대가 고수라는 것을 알게 된 상황.

방금 전에 나누었던 그 짜릿한 손맛을 다시 느끼고 싶다는 생각에 도끼를 움켜쥐었다.

하지만 두 사람이 다시 충돌을 벌이기 전에 소비연이 이를 말렸다.

"잠깐!"

혼살과 단재청은 다시 뛰려다 말고 흠칫 멈춰 섰다.

두 사람의 시선이 소비연에게로 쏠렸다. 왜 싸움을 멈추게 하냐는 원망이 담긴 시선이었다.

소비연은 단재청을 보며 말했다.

"한 달 뒤, 합비 인근의 소호에서 대연(大宴)을 열까 하는데, 어찌할 테냐?"

큰 잔치[大宴]?

단재청은 도끼를 거두며 음흉한 미소를 지었다.

"먹을 것 많수?"

"생각보다 훨씬."

"저 사람도 나오오?"

혼살의 눈빛이 일렁였다.

"네가 나온다면."

단재청은 크게 웃었다.

"푸하하핫! 좋소, 그럼 오늘 먹거리는 그때 가서 즐기도록 하지! 형님, 가겠소."

소비연은 고개를 끄덕였다.

단재청은 혼살을 보며 씨익 웃었다.

"목 잘 씻고 기다리는 게 좋을 거요. 내 도끼는 나무와 목을 구분하질 못하거든."

"내 검에도 역시 눈이 달리지 않았다."

*　　　*　　　*

얼마 지나지 않아 소비연은 천자산을 내려왔다.

한 달 후에 소호에서 잔치를 열려면 어느 한곳에서 머무적거릴 시간이 없는 탓이었다.

"이제는 어디로 가지?"

"중경(重慶)으로 가오."

"마교에?"

소비연은 고개를 끄덕였다.

혼살의 인상이 살짝 찌푸려졌다.

천하사세의 구도가 확립되고 난 이후, 마교와 천황새는 중무련이라는 공통된 적을 가지게 되었음에도 불구하고 연신 충돌을 벌였다.

천중전란 때에 마교 역시 팔황새와 적이었기 때문이다.

그들은 주로 사천의 패권을 두고 다투는 경우가 많았는데, 그중 사천의 문물이 많이 모여드는 중경에서의 충돌 숫자가 칠 할을 넘을 정도였다.

이제는 아예 중경 자체를 하나의 전선으로 보고 있었다.

천황새의 장(長), 사령은 검지로 이마를 꾹 눌렀다.

"정말이지… 한비, 이 녀석은 대체 무슨 생각을 가지고 있는 거지?"

천지회의 이공자이기도 한 그는 회의 명에 따라 호북성에 가지 못하고 이곳 중경에 발목이 묶여 있었다.

언제부터였을까?

마교가 생사대적을 눈앞에 둔 것처럼 천황새를 향해 과도한 군력을 투입하고 있기 때문이었다.

그 때문에 사령은 중무련을 상대하기 위해 동쪽으로 이동하지도 못하고 마교를 상대하고 있어야 했다.

물론 회의 대계에 따르면 마교와 천황새도 자꾸 충돌해서 공멸해야 했다.

그래야 천지회가 북쪽에서 내려와 유일하게 남은 제천궁

을 강제로 흡수하고 일통을 이룰 수 있을 테니까 말이다.

하지만 그전에 대계를 이루기 위해서는 중무련을 먼저 격파해야만 했다.

구파와 오가가 세상에서 지워져야만 천지회가 중원에 기반을 닦을 수 있을 테니까.

그러니 지금은 마교와 천황새가 충돌할 때가 아니었다.

그런데 마교가 전력을 다해 팔황새에 압박을 가하기 시작했다.

그 때문에 귀주에 있던 분타가 날아가면서 마교의 역천맥과 천황새의 독왕곡이 거의 전멸에 가까운 타격을 입고 말았다.

각각 사지라고 할 수 있는 팔다리가 날아간 셈이었다.

그로 인해 지금은 두 세력 간의 견제가 팽팽하게 이루어진 상황이었다.

지금도 밑에서는―특히나 독왕곡의 생존자들―마교와 전면전을 벌여야 한다는 의견들이 많았다.

방금 전에도 포달랍궁의 홍라마(紅喇嘛)들이 와서는 으름장을 놓고 갔다.

마교의 포악한 패거리들과는 더 이상 한 하늘을 이고 살 수 없으니 그들과 전면전을 벌이고, 만약 그러지 않으면 자신들은 고향인 서장으로 돌아가겠다는 협박 어린 말이었다.

"으득!"

사령은 이를 바득 갈았다.

마음 같아서는 살막의 살수들을 풀어 당장에라도 녀석들의 모가지를 날려 버리고 싶었지만, 그리했다가는 천황새의 분열을 야기할 수 있어 차마 실천에 옮기지 못하고 가슴에 분을 담아두는 것으로 만족해야 했다.

"그렇다고 해서 지금 자리를 비우는 것도 힘이 들고……."

보통 때 같았으면 한비의 침실에 숨어들어 녀석에게 이유를 물어보아도 되었다.

하지만 지금 당장 자리를 비웠다가 무슨 일이라도 생겨 버린다면 그것은 곧 천황새의 분열로 이어질 수 있었다.

그만큼 현재 상황은 좋지 못했다.

"혹시나 그것 때문인가……."

이유를 알 수 없어 고민을 계속할 무렵, 갑자기 문이 벌컥 열렸다.

사령은 문을 지키고 있던 호위무사에게 살기를 띠었다.

"분명히 따로 생각할 것이 있다고 아무도 들이지 말라고 하지 않았더냐? 이게 무슨 짓이지?"

호위무사는 하얗게 질린 얼굴로 부들부들 몸을 떨었다.

"이, 이 녀석이 급히 주군께 아, 아뢸 말씀이 있다 하여 어쩔 수 없이……."

사령은 문을 열고 들어왔던 녀석에게로 살기를 돌렸다.

"만약 별것 아닌 일로 내 개인적인 시간을 방해한 것이라면 네 목은 오늘부로 그 어깨에서 떨어져 나갈 것이다."

"그, 그것이……."

"어서 말하지 못하겠느냐?"

호위무사가 녀석을 채근했다.

사령의 눈꺼풀이 좁혀지기 시작했다.

그제야 녀석은 벌벌 떨면서 외쳤다.

"마, 마교의 본대가 지금 포달랍궁이 있는 달주(達州)를 암습했습니다!"

"뭣이?"

사령은 경공을 펼쳐 마교 본대가 공격을 감행했다는 격전지로 이동하기 시작했다.

'그곳에 한비 녀석이 나타났다고?'

수하의 말에 따르면 천마신교의 임시 교주인 요한이 직접 군을 이끌고 총공세를 시작했다고 한다.

'대체! 네 녀석은 무슨 생각을 하고 있는 것이냐!'

도저히 한비―요한―의 머릿속을 읽을 수 없었기에 사령은 연신 수하들을 재촉했다.

"어서 가야 한다! 요한 녀석의 성정이라면 제 놈들이 모두 죽든가, 아니면 포달랍궁이 무사들이 전멸하든가, 둘 중 하나밖에는 없어."

성미 급한 그의 성격을 생각한다면 이 정도의 속도로도 부족했다.

결국 사령은 수하들을 두고 먼저 움직일 수밖에 없었다.

"내가 먼저 가서 상황을 정리하고 오겠다. 그러니 뒤따라오도록."

"존명."

"존명."

살막의 고수들은 자신들의 주군이 절대 마교의 종자 따위에게 당할 위인이 아니란 것을 잘 알기에 그를 말리지 않았다.

슈욱—

사령의 발걸음 속도가 빨라졌다.

바로 일신무총에서 발견할 수 있던 신조만리공이었다.

시간이 얼마 지나지 않아, 사령은 달주에 이르렀다.

전장에 이른 순간, 사령은 넓게 펼쳐진 참혹함에 말을 잃고 말았다.

그곳에는 수많은 시체들이 줄지어 쓰러져 있었다. 대개가 별다른 저항도 하지 못하고 죽임을 당했는지, 억울해하는 표정이 얼굴에 어려 있었다.

마교가 청해를 넘어 사천의 대지를 차지한 이후부터 달주 지역은 포달랍궁의 영역이었다.

비록 포달랍궁이 오랜 세월 내전으로 인해 힘이 많이 약해졌다고는 해도 절대 약한 곳은 아니었다.

그런데 지금은 참혹하게 죽은 시체들에 지나지 않았다.

물경 오백여 구에 이르는 시체들.

다행히 포달랍궁에서 지원한 무사 천여 명 중 절반은 중경으로 건너가 살 수 있었지만, 천황새는 이로 인해 큰 타격을 입은 셈이었다.

"한ㅡ비ㅡ!"

사령은 분노에 가득 찬 음성으로 한비를 불렀다.

이들이 누구인가!

지난 십 년 세월 동안 중원에 대한 복수심 하나만으로 절치부심하며 대업에 이들을 끌어들이기 위해 노력하였다.

다행히 그 노력은 결실을 맺어 이제 그 끝을 보이고 있었다.

그런데 이렇게 한순간에 그 십 년 동안 쌓은 탑을 잃게 생겼다.

까마귀들이 사령의 살기에 놀라 푸드득! 날갯짓을 하며 하늘 위로 날아올랐다.

저 멀리 이백 명에 이르는 무사들이 보인다.

하나같이 마기를 풀풀 휘날리는 이들.

마인이 분명했다. 그리고 그 중심에는 요한ㅡ한비ㅡ이 오롯이 서서 사령을 바라보고 있었다.

"오랜만이군."

"이게 무슨 짓이냐!"

"무엇이 말이냐?"

"이짓거리! 너는 불타 버린 가문을 향해 다짐했던 지난날의 맹세를 잊어버린 것이냐?"

십 년 전의 맹세.

그것은 다섯 공자공녀라 불리는 그들만이 가슴에 품은 맹세였다.

가문을 멸문시켜 버린 중원을 기필코 말살시키겠다는 약속! 이날의 한을 잊지 않고 항시 가슴에 품고 살아 언젠가는 반드시 이 강호를 세상에서 지워 버리겠다는 그 맹세!

그들이 죽을힘을 다해 무공을 수련했던 이유도, 강호 각지에 퍼져 세력을 키웠던 이유도 다 그 때문이 아니었던가.

특히나 그 맹세를 가장 가슴에 품고서 살아왔던 것은 한비라 할 수 있었다.

소가육아… 그 어린 여섯 형제의 큰형에 대한 죽음을 아직도 잊지 못하지 않았던가.

한데, 그 한을 금세 잊어먹고 이렇게 뒤통수를 쳐?

하지만 한비는 피식 웃음을 터뜨리고 있었다.

"무슨 맹세?"

"이놈!"

사령은 결국 화를 억누르지 못하고 한비를 향해 달려가기 시작했다.

쉐에에엑!

사령의 손에서 백색 불길이 일어나며 한비의 얼굴을 뒤덮으려는 그때,

갑자기 아래에서부터 무언가가 솟구쳐 올라와 사령의 공격을 튕겨냈다.

챙캉!

사령은 뒤로 물러나 눈을 가느다랗게 뜨며 자신의 일격을 막아낸 자를 보았다.

한비는 여전히 미소를 짓는 가운데, 한 사내가 그를 호위하듯이 서 있었다.

또렷한 이목구비가 인상적인 사내였다. 한쪽 손에는 시리다는 느낌이 들 정도로 순백색을 자랑하는 도를 들고 있었다.

'어디서… 봤던 사람인가?'

사령은 살짝 이마를 찌푸렸다.

떠오를 듯 말 듯하면서도 떠오르지 않는 무언가가 있었다. 이 안개 같은 것을 헤치고 지나가면 보일 것 같은데, 뿌옇게 흐려져 있어 보이지 않았다.

"오랜만이야, 사령."

굵직한 중저음의 목소리.

분명 처음 듣는 목소리임에도 불구하고 어디선가 들은 듯하다.

"넌… 누구지?"

사령은 자신의 목소리가 떨리고 있단 사실을 깨닫지 못

했다.

"너희들의 큰형."

"……!"

순간, 사령의 몸이 크게 움찔거렸다.

무언가가 떠올랐다.

"나는 언젠가 신도(神刀)가 될 거야."

우유부단하고 소심하기만 했던 아이. 큰형이라는 사람이 저렇게 마음이 약해서 어쩌나 싶을 때가 많았다. 하지만 큰형은 너무나 착하고 동생들을 늘 편하게 대해주었기에, 철없는 동생들은 늘 큰형을 놀려댔다.

하지만 동생들은 그 누구보다 큰형을 좋아했다.

아무리 놀려도 바보처럼 웃는 형이 좋았다. 늘 미소를 지으며 동생들을 대하는 형이 좋았다.

그의 이름은… 비연.

"첫째 형……?"

사내, 소비연은 고개를 끄덕였다.

사령의 머릿속이 새하얗게 변했다.

그리고 큰 소리로 외쳤다.

"형!"

사령은 반가운 마음으로 달려가 소비연에게 와락 안겨들

었다.

이십 년 만에 껴안는 큰형의 품은 넓고 따스했다.

"어째서… 어째서… 이제야 나타난 거야……? 살아있었으면서… 이렇게 건강하게… 건강하게 살아 있었으면서… 어째서……."

사령은 어느새 이십 년 전의 철부지 꼬마아이가 되어 주르륵 눈물을 흘렸다.

소비연은 넷째 사촌 동생의 등을 강하게 두들겨 주었다.

"지금이라도 이렇게 돌아왔으니 되지 않았느냐."

"으응!"

한참 후에야 소비연은 사령을 품에서 떼어냈다.

"정말… 여태까지 어떻게 살아온 거야?"

소비연은 살짝 얼굴을 굳혔다.

"그것을 얘기하려면 시간이 많이 걸린다. 지금 나에게는 시간이 많지 않아. 제대로 된 해후는 나중에 하자."

"싫어! 뭐가 그리 바쁜 건데?"

소비연은 두 손으로 사령의 양어깨를 강하게 쥐었다.

그러곤 한비에게도 시선을 던지며 말했다.

"잘 들어. 사흘 후, 중무련이 옛 안휘의 합비와 소호를 공략할 거다. 그때 너희들은 모른 척하고 있다가 광서를 쳐다오."

"광서? 제천궁을?"

천하사세의 대립이 일 년이 다되어감에도 불구하고 아직도 제천궁에 대한 비밀은 많이 풀리지 않았다.

특히나 그들의 본단에 대한 비밀이 그러했는데, 기실 제천궁이 천지회의 지원으로 탄생한 곳이니 한비와 사령에게는 비밀이 되지 못했다.

제천궁은 바로 광서성, 소위 십만대산이라 불리는 산악 지대에 터를 마련하고 있었다.

소비연은 고개를 끄덕였다.

"뜬금없는 소리인지 모르겠지만… 제천궁을 쳐서 경태를 구해줘."

"경태를 구해달라니? 그게 무슨 뜻이야?"

사령의 물음에, 소비연을 이곳으로 데리고 온 한비도 동조해서 고개를 끄덕였다.

"제천궁의 십사들이 역변을 일으켜서 경태가 십만대산의 심처에 갇히고 말았다. 나를 도와주려다 그만……."

"무슨 뜻인지 정확하게 말해봐."

소비연은 잠시 머뭇거리다가 진성이 여태껏 중원을 상대로 꾸며왔던 일들과 하아에 대한 것을 말하면서 소가장의 멸문에 관여했던 문파들 뒤에는 천지회와 회주인 막내숙부 소천이 있음을 말해주었다.

사령과 한비는 진성과 하아의 죽음에 눈물을 흘리고, 한편으로는 분노를 떨었다. 비록 관계가 틀어지긴 했어도 한때 숙부라고 불렀던 핏줄의 배신에 분노를 금치 못한 까닭이었다.

"그것이… 사실이라면 나는 더 이상 회의 명에 따르지 않겠어."

"반발이 예상되긴 하지만 나 역시 수하들을 이끌고 다시 운남으로 돌아가겠다."

사령과 한비는 입을 모아 세력들을 제 고향으로 돌려보내겠다고 말했다.

하지만 소비연은 고개를 저었다.

"아니, 그렇게 하면 도리어 너희들만 위험해진다."

"위험해지다니? 감히 누가 우리들을?"

천지회의 무공을 익힌 이후로 그들은 절대고수에 못지않은 힘과 능력을 가지게 되었다. 강호에 나온 이후로는 성란육제마저 자신들의 아래로 내려다보았다. 그러니 절대 당한다는 생각을 하지 않는 것이다.

"아니, 위험하다. 회의 힘은 너희들이 생각하는 것 이상이다. 너희들이 이끌고 있는 세(勢)에는 너희도 모르는 회의 첩자들이 숨어 있을 거다, 너희들이 익힌 무공의 파해식을 익힌 고수들이."

"그럼 어떻게 해야 하지?"

"이걸 익혀. 그럼 녀석들이 암습을 가해와도 능히 막아낼 수 있을 거다."

소비연은 백염천룡공이 기술된 책자를 그들에게 건넸다.

일신무맥의 정화이자 모든 것이라 할 수 있는 천룡공이라면 이들의 무공이 가지고 있는 약점을 보완하는 데 충분한 도움이 될 거라는 판단에서였다.

한비와 사령은 백염천룡공을 보고 꽤나 놀란 얼굴이었다.

"이건 일신무학… 회주의 무학이기도 하잖아?"

"그래, 이것을 익히고 나서는……."

소비연은 중무련을 결성하면서 제천궁의 북진을 막기 위해 경태를 만난 것에 대한 설명을 시작하였다.

경태는 이미 진성에게서부터 묘안석을 전해 받으면서 언질을 들은 바가 있었기에 그와의 재회 자리에서 천지회를 배신하고 그를 도와주겠노라고 말했다.

하지만 소비연은 자신이 떠나고 난 이후, 얼마 가지 않아 경태가 여태껏 오른팔로 여겼던 유사의 배신으로 인해 심처에 갇혀 버렸다는 사실을 알게 되었다. 유사는 사실 천지회주가 숨겨둔 첩자였던 것이다.

"경태를 구출하는 것이 성공하면 너희들은 각기 세력을 이끌고 무림대연에 참가해."

"무림대연?"

소비연은 고개를 끄덕였다.

"이 모든 혼란을 종결시키고, 또한… 천지회의 야욕을 막을 수 있는 유일한 방법이다."

사령은 슬픈 눈동자로 말했다.

"경태를 구하러 갈 때, 형도 같이 가자."

소비연은 사령의 머리를 쓰다듬었다.

"아니, 나는 가봐야 할 곳이 있다."

"어디로? 다시 사라질 속셈이야?"

소비연은 고개를 저었다.

"아니, 난 이제 다시 사라지지 않아. 절대로."

第十章
무림대연

— 제천궁이 무너졌다!

출처를 알지 못할 정체불명의 괴소문이 강호 전역을 강타했다.

바로 천황새와 마교가 지난날의 반목을 잊고 같이 합심하여 제천궁의 본단이 있는 광서성을 쳤다는 내용이었다.

늘 비밀로 둘러싸여 있던 제천궁의 본단이 광서성의 오지와 밀림에 숨어 있었다는 것도 놀랄 일이었지만, 더더욱 신기한 사실은 정말 괴소문의 내용이 사실인지 다른 지역에 있던 제천궁의 분타가 일제히 철수를 시작했다는 것이다.

소문이 퍼진 지 약 보름 후, 제천궁이 크게 두 개의 파로 나뉘어 내전을 벌이다가 봉문을 해야 할 정도로 큰 타격을 입었다는 사실이 각 세력들의 정보망에 모여들었다.

한때 강남 지역을 석권하여 강호 일통을 꿈꾸던 제천궁이 돌이킬 수 없는 타격을 입은 셈이었다.

더군다나 또 다른 소문이 강호인들의 가슴을 두근거리게 만들었다.

그동안 다른 삼세의 견제에 의해 별달리 힘을 쓰지 못하고 늘 일퇴를 거듭하던 중무련이 소호를 교두보로 삼아 남진을 시작했다는 것이었다.

이에 심산유곡에 은거하고 있던 기인과 뜻이 있는 협객들이 일제히 중무련에 가담하기 시작했다.

중무련은 언제 약했냐는 듯이 욱일승천(旭日昇天)의 기세로 일어나 강호 전역을 질타했다.

그뿐만이 아니었다.

천하삼세를 밀어붙이며 빠른 속도로 남하하던 중무련이 남직예 소호에서 무림대연을 제의했다는 소문이 퍼졌다.

무림대연!

강호의 칼밥을 먹는 자라면 누구나 꿈꾸는 대축제!

달리는 강호대연이라고도 불리는 것은 바로 '대연', 즉 큰 잔치를 의미한다.

정사마를 막론하고 모든 무인들이 모여 화합을 다지기 위해 만든 이 전통은, 강호의 칼밥을 먹고사는 이들에게 있어서

둘도 없을 축제와도 같았다.

무림대연이 열리는 이때만큼은 강호 전역 어디서도 칼부림을 일으킬 수 없으며, 만약 이를 어길 시 모든 강호 동도들의 공적이 되어 멸문지화를 면치 못하게 된다.

특히나 무림대연이 가장 각광을 받는 것은, 대연 뒤에는 각 문파들의 회의가 열려 전쟁 종결에 대한 논의를 한다는 점이었다.

천중전란과 정마대전이 모두 무림대연과 함께 종막을 거쳤다는 것을 감안한다면, 이번 무림대연도 각 세력들의 타협과 종전 및 휴전 협정을 맺게 될 협의의 장이 될 가능성이 다분했다.

그것은 곧 전쟁이 끝난다는 뜻이기도 했다.

무림대연을 생각해 낸 중무련의 군사 남궁린은 공식석상에서 이렇게 말했다고 전해진다.

"복수는 복수를 낳고, 복수 뒤에는 고독함과 슬픔만이 남을 뿐입니다. 더 이상의 분란은 더 큰 아픔만을 낳아주니 이만 칼 대신 손을 내미는 것이 어떻겠습니까?"

더군다나 요즘 들어 호남에서 사파일세(邪派一世)를 기치로 천황새를 몰아붙이던 녹림 역시 새로운 일세(一勢)의 자격을 얻으면서 무림대연의 결성에 큰 지지를 보내왔다.

그로 인해 이후 강호는 무림대연의 준비로 모든 분란과 전쟁이 중단되었다.

그리고 한 달 후.

무림대연이 열리며 기나긴 전쟁의 전주곡이 마침표를 찍었다.

                    *   *   *

심양(沈陽).

오랜 세월 북방과 중원을 연결하는 요충지였던 요동과 요서 반도의 중심지다.

요즘 들어 날이 갈수록 세를 불리고 있는 북방의 정세에 따라 심양은 서서히 군사적 요충지가 되어갔다.

하루가 멀다 하고 군이 움직이며 격전이 벌어지는 전장 위로 웬일인지 까마귀 대신 수십 마리의 비둘기들이 날아다녔다.

개중 대부분의 비둘기들은 평야 지역을 지나 낮은 산지 일대 안쪽으로 들어갔다.

구릉 위에는 눈앞이 깜깜할 정도로 수많은 대나무들이 줄지어 서 있었다.

하지만 비둘기들은 아주 익숙하게 죽림(竹林)을 지나 더 안쪽으로 들어갔다.

그러길 한참을 지나자, 어느새 대나무는 온데간데없이 사라지고 대신에 수많은 고루거각들이 나타났다.

비둘기들은 개중 가장 높은 크기를 자랑하는 거각의 현판 위에 조용히 내려앉았다.

구구구구!

천지회(天地會).

현판에는 그렇게 적혀 있었다.

"소호가 중무련의 수중에 넘어갔다?"

한 중년인이 호화 장식으로 꾸며진 의자에 앉아 턱을 괸 상태로 물었다.

그 밑으로는 수십 명의 사내들이 도열한 채로 머리를 숙이고 있었다.

사실상 천하사세의 대립 구도가 확실하게 굳혀진 지금 이 시기에 소호는 현 천하사세의 구도에서 절대 없어서는 안 될 전략적 요충지가 되었다.

남직예의 합비는 장강을 중간에 두고 강남과 강북을 잇는 교두보 역할을 하였다.

또한 절강으로 집결하는 강남의 물산 등이 남직예를 거치지 않을 수 없기 때문에, 남직예의 중심인 합비는 절대 놓쳐서는 안 될 노른자위의 땅이었다.

　그러니 강남에 주로 밀집되어 있는 중무련을 제외한 다른 천하삼세들—천황새, 제천궁, 마교—로서는 합비를 노리지 않을 수 없었다.

　중무련 역시 이를 잘 알기 때문에 합비를 그들에게 내어주지 않으려 했다.

　네 개의 세력이 모두 합비를 두고 아등바등거리는 판국이니 일 년 넘게 주인이 없었다.

　한데, 그런 합비와 소호를 중무련에게 빼앗겼다고 한다.

　이로써 중무련은 다른 천하삼세들의 압박에서 조금 숨통을 돌리고 반격을 가할 수 있는 기회를 얻게 된 셈이었다.

　중년인은 눈살을 찌푸렸다.

　그렇지 않아도 일공자 진성을 처리하러 움직였던 좌호법 혈아라한이 일 년 넘게 무총에서 귀환하지 않고 있어 머리 아픈 일이 한두 가지가 아닌데, 그 와중에 이런 사건까지 터지고 말았으니…….

　"한비와 사령에게서는 아무런 연락이 없는가?"

　"아뢰옵기 황송하오나, 마교와 천황새는 무슨 일인지 자꾸 충돌을 벌이고 있습니다. 각 세에 심어놓은 세작 등의 소식에 의하면, 아무래도 두 사람 사이에서 문제가 생긴 것 같다고……."

　천지회의 군사를 맡고 있는 천뇌번황(天腦繁皇)의 보고에 중년인의 옆에 시립해 있던 노인이 버럭 소리를 질렀다.

"군사는 지금 그것을 말이라고 하는가!"

그는 바로 천지회의 우호법을 담당하는 동해용왕(東海龍王)이라는 자였다.

탐스런 수염을 길게 늘어뜨려 선풍도골을 자랑하는 그였지만, 한번 분노를 드러낼 때면 두 눈에서 불꽃이 일렁이는 듯한 착각을 불러일으켰다.

"죄송합니다."

동해용왕은 굳어진 얼굴로 중년인을 돌아보았다.

"회주, 어찌하시겠습니까?"

"그놈들이 드디어 미쳤나 보군."

중년인은 짧게 중얼거리고는 천뇌번황을 보며 말했다.

"제천궁을 움직여서 소호를 손에 넣으라고 이르라."

"지금 움직이게 되면 자칫 제천궁이 위험해질 수도 있습니다."

"상관없다. 그 정도의 세력 따위는 다시 만들면 그만일 터, 차라리 제천궁을 희생시켜서 중무련과 공멸시킨다면 그것도 나쁘지 않은 패가 될 것이다."

"명을 받드나이다."

천뇌번황은 고개를 숙였다.

회주의 명은 황제의 어명과도 같다. 한번 결정 난 것은 재고를 청할 수 있되, 두 번 정해진 것은 목숨을 내놓아서라도 무조건 지켜야 했다.

회주의 명이 떨어졌으니 이제 제천궁은 다시 광서를 나와 북진을 단행할 터였다.

하지만 그 명은 결코 이행할 수 없게 되어버렸으니.

갑자기 회장 안으로 누군가가 조심스레 들어와 천뇌번황의 귀에다 작게 귓속말을 남겼다.

일순 천뇌번황의 눈동자가 흔들렸다.

"왜 그러느냐?"

"그, 그것이, 지금 중무련의 남진보다 더한 황송한 일이 생겼는지라……."

"무엇인가? 말해보라."

"화, 황송하오나, 이공자와 사공자가 반역을 저질렀다 하옵니다."

"반역?"

이공자와 사공자라면 천황새의 사령과 마교의 한비를 가리키는 것일 터였다.

강호에 나가 세를 일군 그들이야말로 현 천지회의 절반을 차지하는 힘이라 할 수 있었다.

동해용왕은 인상을 와락 일그러뜨리며 분노를 드러냈다.

"그것은 또 무슨 해괴망측한 소리인가?"

"이공자와 사공자가 세력을 광서성 십만대산으로 돌려 제천궁을 치고 오공자를 구출했다고 합니다."

오공자 경태는 회주의 명을 따르지 않아 심처에 유폐된 적이 있었다. 그를 구출했다는 것은 곧 오공자에 이어 이공자와 사공자마저 회의 명을 따르지 않게 되었다는 뜻이었다.

"숨겨놓은 세작들은? 그들은 무엇을 하고 있었단 말이냐!"

"그들이 나서서 감히 회주의 명에 반기를 드려는 이공자와 사공자를 제압하려 하였지만, 되레 역공을 당하여 죽임을 당했다 하옵니다. 더군다나 그 일로 인해 대대적인 숙청이 있었다고……."

"감히 배은망덕하게도 자신들을 키워주고 세를 불릴 수 있도록 지원까지 했던 회주께 반기를 들어?"

동해용왕은 기도 안 찬다는 표정을 지었다.

그도 그럴 것이, 지난 백여 년간 공들여 왔던 대업이 한순간에 물거품이 될 위기에 잠겼으니 말이다.

하지만 천뇌변황의 보고는 거기서 그치지 않았다.

"그리고……."

"또 있더냐?"

"중무련이 합비와 소호를 통해 남진을 시작하면서 마교와 천황새에 강호오파대연(江湖五派大宴)을 열자며 연락을 취했다고 합니다."

"그래서?"

"예?"

"그래서 그 배은망덕한 작자들이 어찌하였냐는 말이다!"

"승낙을 하였다고 합니다. 오공자 역시 남은 제천궁 세력을 수습하고 대연에 참가하기로 결정하였다고……."

"허어!"

강호 말살을 꿈꾸는 천지회의 입장에서는 마른하늘의 날벼락과도 같은 소리였다.

"후후, 정말 미쳤어, 정말로."

중년인은 차갑게 웃었다.

감히… 자신을 거부한다, 이 말이렷다?

애초에 부려먹기 쉬운 아이들이다 싶어 품 안에서 키우는 것이 아니었는데 말이다.

"직접 움직이지 않은 지도 꽤 되었지. 이제… 일어나야 할지도."

순간, 동해용왕의 눈동자에서 불꽃이 튀었다.

"회주! 그 말씀의 뜻은……?"

중년인이 자리에서 일어나 우레와 같은 기세로 소리쳤다.

"회원들을 모으라! 내가 직접 군을 이끌고 중원으로 간다!"

"북명비천(北冥飛天)! 천하앙복(天下仰復)!"

"명을 받드나이다!"

동해용왕이 자리에 부복한 채 외치고는 수하들에게 일렀다.

"당장 출정을 준비토록 하라!"

"명을 받드나이다!"

천뇌변황이 고개를 푹 숙이며 답했다.

이제 시위는 당겨졌다. 비록 대업의 첫 번째 단추는 잘못 끼워졌으나, 천지회의 전력을 생각한다면 그깟 강호쯤은 서너 개가 달라붙어도 이겨내지 못할 터였다.

누가 뭐래도 천지회는 누천년 동안 이어져 오며 수많은 절대고수들을 양산해 낸 곳이니까.

천뇌변황은 새로이 새워질 강호의 제국에 제이인자가 될 것이라 다짐하면서 어찌하면 강호를 제대로 통치할 수 있을까 머리를 굴리기 시작했다.

하지만 들뜬 기분이 든 것도 잠시,

쿠쿠쿵!

갑자기 바깥에서 거친 폭발 소리가 일었다.

동해용왕이 소리쳤다.

"이게 대체 무슨 소리냐?"

"바, 밖에 적의 암습이……! 크아아악!"

회장 안으로 뛰어들어 오던 무사의 뒤쪽으로 불길이 일면서 무사를 집어삼켰다.

콰르르릉!

우르르—

"누구냐!"

"감히 누가 이런 짓을……?"

저벅저벅.

웅성거리는 회장 안으로 한 사람이 들어왔다.

새벽 밤하늘처럼 까만 칠흑빛으로 빛나는 눈동자를 가진 사내였다.

한쪽 손에는 순백색의 환도를 들고 있었는데, 그 기세가 동해용왕도 함부로 할 수 없을 만큼 거대했다.

절대위에 오른 고수만 하여도 물경 열을 넘어가는 천지회의 상황만을 두고 본다면 감히 간 크게도 이런 짓을 저지를 사람은 몇 사람 되지 않았다.

그런데 이 사내는 대체 누구인지 알 수가 없었다.

다섯 공자공녀가 젊은 나이에 절대고수가 되었다지만 이런 정도의 깊이는 아니었을 텐데?

동해용왕이 버럭 소리를 질렀다.

"대체 무슨 생각으로 이런 짓을 저지른 것이냐?"

사내는 동해용왕을 흘깃 한 번 쳐다보았다가 시선을 거두고 중년인 쪽으로 향했다.

한참이나 두 사람은 서로의 시선을 응시하며 있었다.

동해용왕은 자신이 무시당했다는 사실에 더 큰 분노 느끼며 몸을 날렸다.

"감히!"

쉐에에엑!

사내의 시선이 다시 동해용왕에게로 향했다.

"시끄럽군."

순간, 오른손에 쥐고 있던 환도가 공간에 녹아들었다.

그리고 어디서 들렸는지 알 수 없을 둔탁한 파육음이 회장을 가득 메웠다.

퍼걱!

동해용왕은 뛰어오르다 말고 머리가 부서진 채로 그대로 고꾸라졌다. 좌호법 혈아라한과 함께 천지회의 서열 이 위를 자랑하는 절대고수의 허무한 죽음이었다.

사내는 다시 중년인에게로 시선을 돌렸다.

"오랜만이오."

"이십 년 만인가? 몰라보게 컸구나."

"누구 덕분에 이리되었소."

"어렸을 때는 소심하기 짝이 없는 아이였는데… 많이 달라졌어. 숙부에게 그렇게 말대꾸도 할 줄 알고 말이야."

사내는 바로 소비연, 중년인은 바로 소천이었다.

"이십 년 전 그날, 막내숙부는 돌아가시고 이제 세상에는 아니 계시오."

"따스한 혈육 상봉을 기대했던 것은 아니지만, 그래도 너무 차갑구나. 그래, 이곳에는 무슨 일로 왔지?"

소천은 자리에 털썩 앉으며 턱을 괴었다.

"천지회의 남하를 막으러 왔소."

"네가? 무슨 자격으로?"

"본디 천지회의 회주 자리는 대대로 소씨 가문의 장손이

맡아왔던 것. 충분히 자격이 된다고 생각하오만?"

"하지만 이미 오래전부터 회주 자리는 내가 맡아왔다. 또한, 천지회의 무공을 익히지 못한 너는 외인이라 할 수 있으니 논할 자격이 되지 못한다."

"누가 천지회의 무공을 익히지 않았다고 하였소?"

"뭐?"

소천의 물음에 소비연은 손가락을 가볍게 튕겼다.

화아악!

소비연을 중심으로 흰색 불꽃이 도깨비불처럼 나타나 두 둥실 떠다녔다.

"천지무맥의 본종(本種)인 성화(聖火)요."

일순, 무사들의 눈빛이 흔들렸다.

성화, 달리는 백염이라 불리는 저 불꽃은 대대로 소씨 가문의 핏줄에게만, 그것도 백염공을 익힌 이들만이 펼칠 수 있는 신성한 횃불이었다.

"크하하하핫!"

소천은 손바닥으로 이마를 짚으며 웃음을 터뜨렸다.

천지회는 오랜 역사만큼이나 정통을 중시하는 곳.

소씨 가문의 장손이라 칭하는 자가 성화까지 일으키고 있으니 적으로 간주하여 죽이라 이를 수도 없다.

그렇다면 남은 방법은 하나.

화르륵!

어느새 소천의 몸뚱어리 주위에도 소비연의 것과 같은 백염이 생성되었다. 소비연의 것보다 더 크고 화려한 불꽃이었다.

"회주 자리를 두고 나와 경쟁을 하자, 이것인가?"

"그렇소."

"좋다. 아무래도 성진 녀석의 도움을 받아 무총에서 백염공과 여의공을 함께 전해 받은 듯하다만, 그것이 큰 오산이었다는 것을 몸소 깨닫게 해주겠다."

갑작스레 생사결이 결정되자 회원들은 일제히 자리에서 물러났다.

지금 이 순간의 결과로 인해 앞으로 천지회의 행동에 많은 변화가 생길 것이 자명했다.

소비연과 소천은 동시에 자신의 백염을 상대에게로 던졌다.

파바밧!

콰르르릉!

소비연의 것은 산들바람과 같이 느릿느릿하고 조용한 반면에, 소천의 백염은 마치 우레와 같이 굉음을 울리며 날아들었다.

그리고,

퍼거걱!

한줄기 칼바람이 두 사람 사이를 갈라놓았다.

주륵!

담담히 서 있는 소비연의 입가를 따라 핏물이 흘러내렸다. 필시 커다란 내상을 입은 것이 분명해 보였다.

반대로 소천은 아무런 내상도, 외상도 입지 않아 보였다. 겉으로만 보아서는 소천의 승리라 할 수 있었다. 그가 입을 열었다.

"네가 익힌 것은 백염공만 있었던 게… 아니었던가?"

"나는 백염공뿐만 아니라 절혼령도 같이 익혔소."

"백염일맥뿐만 아니라… 절혼일맥도 같이… 익혔단 말… 인가……."

소천의 목소리가 가느다랗게 떨리더니, 이내 퍼걱, 하는 소리와 함께 몸이 가루가 되어 떨어졌다.

천지회의 무사들은 소씨 가문의 백염일맥과 과거에 중원으로 건너가 사라진 마종 가문의 절혼일맥을 모두 완성한 자의 등장에 가만히 침묵했다.

소비연이 주위를 쭉 훑어보았다.

"나는 소씨 가문의 장손이자, 천마의 후예인 비연이다. 나를 천지회의 회주로 인정하겠는가?"

무사들이 일제히 부복하며 외쳤다.

"북명비천! 천하앙복! 신(新) 회주님을 뵈옵니다!"

천마의 후예라는 사실을 제하더라도 절대군주나 다름없던 전대 회주를 단 일격에 격살시킨 자다. 복종하지 않을 수 없었다.

"이렇게 회주가 되었으니 너희들에게 회주로서 첫 번째 명령을 내리겠다."

"명하시옵소서!"

"지금부터 천지회는 중원에 대한 모든 야욕을 접고 그 옛날, 선도를 추구하던 선계의 문파로 되돌아갈 것을 명한다."

"존명!"

소비연은 가만히 눈을 감았다.

저만치서 불어오는 싱그러운 바람이 그의 머릿결을 한 번 훑고 지나갔다.

쏴아아아!

"이제 모두 끝난 건가……."

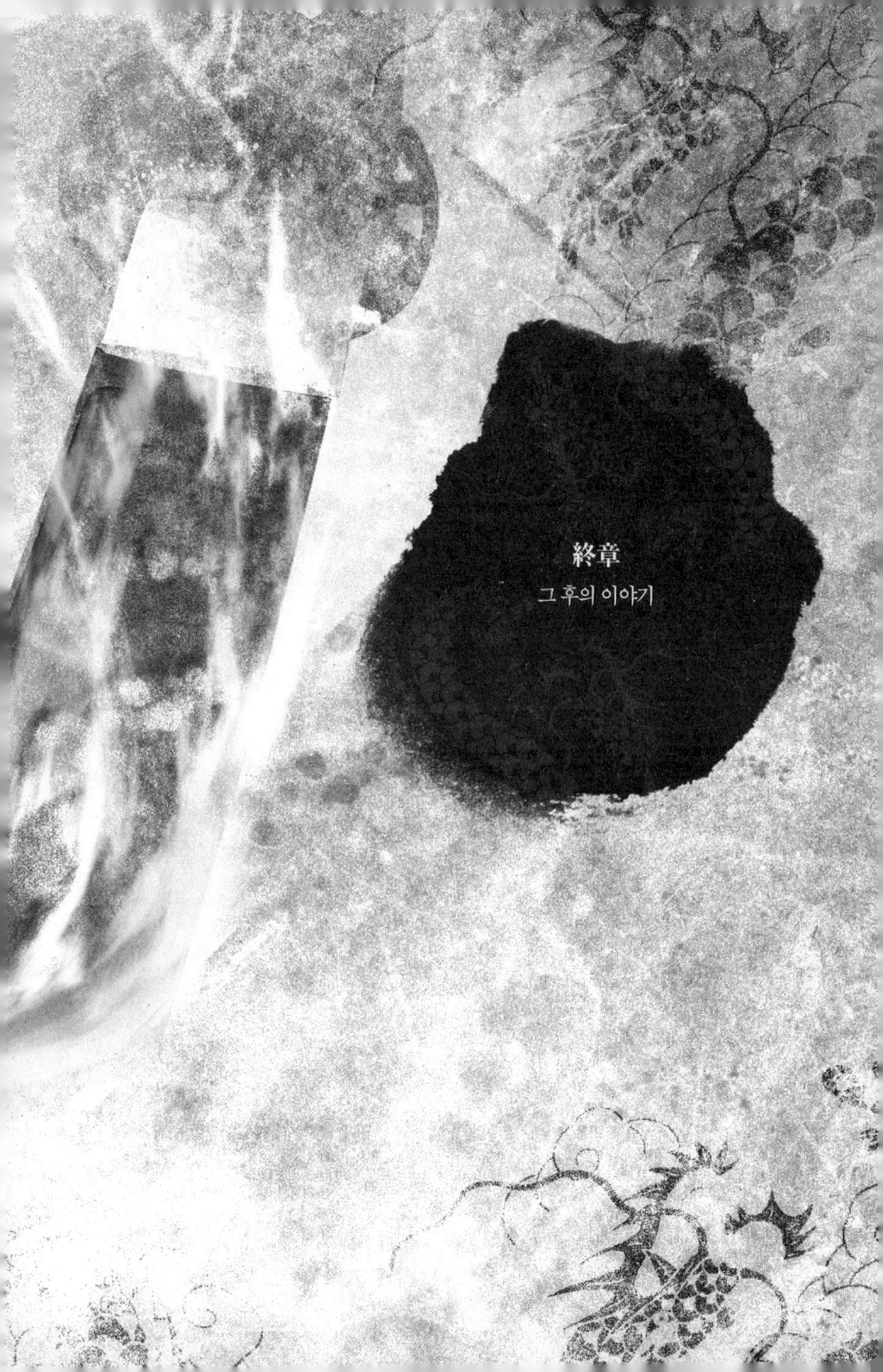

終章
그 후의 이야기

神刀無雙
신도무쌍

무림대연—정식 명칭으로는 강호오파대연—이 성황리에 막을 내렸다.

전장에서 가족과 친지, 사형제들을 잃은 이들은 분노를 드러냈지만, 더 이상 자신들과 같은 피해자가 없어야 한다는 남궁린의 간절한 설득에 결국 자신들의 주장을 꺾었다.

정사마, 심지어 새외의 무인들까지 함께한 무림대연의 총회(總會)에서는 많은 설전이 오고 갔다.

강호사세, 아니, 마지막에 천하쟁패에 발을 들이려 했던 사파의 녹림까지 합쳐서 강호오세의 수뇌부들이 저마다 전쟁을 종결하는 대신에 이권을 챙기기 위함은 당연했다.

하지만 이미 천하의 판도는 중무련으로 넘어간 것이나 마찬가지였기 때문에 다른 세력들은 묵묵히 중무련의 결정에 따라야만 했다.

그로 인해 결정되어진 바는 다음과 같았다.

─첫째, 제천궁은 다른 세력에 비해 상대적으로 힘이 많이 약해졌으므로 십만대산으로 돌아간다.

이에 궁주인 경태는 제천궁의 이름을 '하늘과 함께하는 문파' 라는 뜻의 제천문(諸天門)이라는 이름으로 개칭하고 수하들을 이끌고 광서로 돌아갔다.

─둘째, 마교는 휴전 협정이었던 칠년지약을 깬 대가로 막대한 양의 금을 배상하되, 앞으로 백 년 동안 봉문하여 천산을 벗어나지 않아야 한다.

마교는 이미 수많은 마인과 마두들을 잃은 상황.

여태껏 강호를 질타할 수 있던 것도 천황새의 도움이 있어서였지, 지금 남아 있는 힘으로 마도천하를 꿈꾼다는 것은 말도 되지 않았다.

더군다나 이번 전쟁으로 인해 마교의 다섯 기둥에 속했던 역천맥과 환도맥이 무너지고, 신마맥과 반세맥이 그에 준하는 피해를 입었다.

마교의 천 년 역사가 아예 무너질지도 모르는 상황.

결국 마교의 대표로 나온 혼살은 이 굴욕적인 협상을 강제로 맺어야 했다.

군사인 남궁린은 마교에 남은 마도삼맥의 재건에 도움을 주겠다는 약속을 하면서 혹시 있을지 모를 마인들의 반발을 억누르는 지혜를 보이기도 했다.

─셋째, 천황새는 남은 무사들을 이끌고 각 고향으로 돌아간다.

지난번 한비의 급습 사건으로 인하여 천황새를 이루는 연합 세력들은 그렇지 않아도 분열될 조짐을 보이고 있었다.

결국 그들은 각자 고향으로 돌아가기로 약조하였다.

단, 이전처럼 중원무림과 새외무림은 서로를 경시하지 않기로 결정하고, 이주의 자유와 변방 세력들의 제한적인 중원 진출을 허락하도록 해주었다.

또한, 상단을 통한 무역─특히 비단길과 같은─에서 새외무림의 이득권을 어느 정도 보장해 주었다.

─넷째, 사파의 부활과 사황성(邪皇城)의 건립을 인정한다. 단, 향후 이십 년간 사황성은 세를 불릴 수는 있되, 강호에 한

하여 일반 민초들에게는 피해가 가지 않도록 해야 하며, 또한
중무련과 대립하지 않는다.

이것이 바로 가장 많은 논란과 진통, 난항이 계속되었던 내
용이었다.

기실 사파는 숟가락 하나만을 얹은 것이나 마찬가지였지
만, 전력을 보존하여 가장 큰 잠재력을 가진 사황성을 괜히
충동질하여 다시 전쟁을 벌일 필요는 없었기에 적당한 당근
과 채찍을 주어야만 했다.

다행히 사황성의 성주로 부임한 녹림왕 단재청은 단순하
기 이를 데 없는 성정을 지니고 있었기에 회유하기가 편했다.

중무련은 정사대전이 발발하지 않도록 그들에게 적당한
당근을 주는 한편, 더 큰 욕심을 보이지 않도록 하기 위해 '이
십 년'이라는 시간을 규정지었다.

이십 년이라면 강산이 두 번이나 바뀔 시간이다.

그 정도의 시간이라면 충분히 차후 사파와 대적할 만한 힘
을 기를 수 있다고 판단했다.

그렇게 모든 전쟁이 끝나고, 각 세력들은 저마다의 고향으
로 돌아갔다.

                    *   *   *

한 사내와 한 여인이 서로 찰싹 붙은 채로 대화를 나누기
시작했다.

"전쟁이 끝나고 벌써 일 년이 지났어요."

"그러게……."

"연 랑은 이렇게 가문도 새로이 지었는데, 하고 싶은 것 없
어요?"

"아직은 없다. 그저 이렇게 편히 바람을 쐬고 싶을 뿐."

"칫, 따분하고 시시해요."

"너는 하고 싶은 게 있나?"

"소가장을 크게 키우고 싶어요."

"소가장을?"

"예. 그래서 강호 일통! 어때요? 북쪽에서 내려와 딸린 식
구도 많겠다, 좋을 것 같은데요?"

"전쟁이라면 이제 신물이 나. 그리고 저들을 거두면서 명
했던 게 싸우지 말자였다. 다른 좋은 것, 뭐 없어?"

"그럼 둘이서 강호 유람?"

"그 불룩한 배로 유람을 가자고? 뱃속에 있는 녀석이 장성
하게 되면 그때 가자."

"칫! 어디서 들었는데, 애가 다 크고 나서야 놀러 가려 하면
귀찮아져서 가기 싫어한데요."

"그것은 또 어디서 들었어?"

"천뇌에게서요."

"…흠."

"네? 그러니까 가요? 옥룡(玉龍)과 금황(金鳳)의 전설이 있는 동정호도 보고 싶고, 연 랑이 어린 시절을 보냈다는 천산의 만년설이나, 북쪽 백두의 천지……."

"…알았다, 가자."

"사랑해요, 연 랑!"

"하지만 그보다 먼저 천산에 들르자."

"예! 연 랑과 함께라면 아무래도 좋아요."

'삼 년 동안 아버지를 안 뵈었더니, 이제는 꿈속에서 계속 나타나셔서 돌아오라고 성화이시니 원…….'

*　　　*　　　*

어느 객잔에 세 명의 사내가 모여서 술을 마시고 있었다.

"전쟁도 끝나고 복수도 대충이나마 끝났는데… 우리들은 이제 뭐 하지?"

"나는 남쪽으로 가서 제천문을 더욱 키울 것이다. 이제는 회주의 방해도 없으니 홀로 일궈볼 생각이야. 너는?"

"나야 살막도 해체했겠다, 이제 구속하는 것도 없으니. 글쎄… 강호 전역을 돌아다니면서 책자 한 권을 써볼까 해."

"책자?"

"어. 강호열사(江湖烈史)라고……. 지난 수백 세월 동안 강호에 있었던 일들을 세세하게 기록해 보려고."

"옛날이나 지금이나 미친 짓은 정말 잘하는군그래."

"나야 역마살이 도졌으니까. 비, 너는?"

"나 역시 생각해 둔 바는 없다. 차라리 항주로 가서 눌러앉는 것도 나쁘지 않겠지."

"우우! 신혼부부도 있는 그곳에 들어가겠다고? 회의 녀석들이나 너나 왜 이리 눈치가 없냐?"

"흥! 내가 그런 걸 신경 쓸 필요는 없지 않은가."

"…정말 악취미다. 언제는 용정차를 보면서 죽은 큰형의 원수를 갚겠다고 낯간지러운 대사를 잘도 내뱉었……."

"닥쳐라, 이놈!"

"어쭈? 해보겠다는 거야?"

"못할 것도 없지."

"동생이라고 자꾸 봐줬더니 자꾸 기어오르네?"

"너 같은 멍청한 형, 둔 적 없다."

"좋아, 내 오늘 네 녀석에게 형의 무서움을 똑똑히 가르쳐 주도록 하지. 야! 밖으로 나와."

"좋을 대로."

"태, 너는?"

"귀찮다."

*   *   *

머나먼 서쪽의 끝, 신강의 대지.

우수에 젖은 눈동자를 한 여인이 산등성이에 앉아 동쪽에서 떠오르는 태양을 바라보고 있었다.

가만히 일출을 지켜보고 있던 그때, 두 명의 중년인이 스르륵 유령처럼 나타났다.

성수곡의 해약을 통해 기나긴 잠에서 깨어난 절대마인 대마종과 그의 오른팔, 혼살이었다.

"여기서 무엇을 보고 있느냐?"

대마종의 물음에 여인은 화들짝 놀라고 말았다.

"교, 교주님……."

"무엇을 그리 골똘히 생각하기 있기에 바로 지척에 다가와도 알지 못해?"

"그, 그것이……."

여인은 말끝을 약간 흐렸다.

대마종은 십만 마도인을 호령할 때의 굳건한 모습과는 어울리지 않는 자상한 미소를 지으며 말했다.

"내 이번에 강호를 유람할까 하는데… 같이 가겠느냐?"

여인의 눈동자가 동그랗게 떠졌다.

강호 유람?

"강호에서 항주가 특히 아름답다고 하던데… 어찌하겠느냐?"

"저, 저도 같이 가겠어요!"

여인은 자리에서 일어나 소리쳤다.

그녀는 그제야 자신의 실수를 깨닫고 얼굴을 붉혔다.

"저, 저도 같이 가면 안 될까요……?"

"좋다, 같이 가자구나. 단, 그전에 먼저 들러야 할 곳이 있다."

"……?"

여인의 의문 어린 시선에 대마종은 훈훈한 미소를 지었다.

"네 시아버지가 있는 곳."

으슬으슬한 글씨체로 '무간뇌옥' 이라 적힌 곳.

지난 백 년간 금역으로 규정되었던 그곳에 대마종이 발을 들였다.

"이, 이곳은……."

"왜 그러느냐?"

"금역인데……."

"따라와 보면 안단다. 혼살."

"예, 교주님."

"그분을 불러주겠나?"

"존명."

혼살의 신형이 땅 아래로 움푹 꺼졌다.

그리고 얼마 지나지 않아 저쪽 아래에서부터 쿠쿵! 하는 소리와 함께 거친 노인의 욕설이 들려왔다.

"어떤 시러잡배 같은 녀석이 나의 단잠을 깨워?"

대마종을 능가하는 짙은 마기가 아래에서부터 스멀스멀 기어올라 왔다.

여인은 그 마기를 감당하지 못하고 몸을 오들오들 떨었다.

대마종은 기막을 펼쳐 여인에게로 마기가 스며들지 못하게 하였다. 여인은 그제야 떠는 것을 멈추고 무저갱 안쪽을 보았다.

쿵! 쿵! 쿵!

무언가가 무저갱 바깥으로 올라왔다.

"성성이?"

아니었다. 그것은 분명 사람이었다.

다만, 수염과 머리카락을 봉두난발로 해서 성성이처럼 보일 뿐이었다.

성성이노인은 여인과 대마종을 번갈아 바라보더니 이내 안색을 와락 찌푸렸다.

"또 네 녀석이냐?"

"잘 지내셨습니까, 어르신?"

"지난 일 년 동안 수십 번이고 들락날락거린 녀석이 그런 건 왜 물어? 잘 지내지 못한다, 왜? 여기는 또 무슨 일이야? 또 쓸데없는 걸 가지고 온 거면 야고의 후예라 해도 가만히 안 두겠다!"

"모시러 왔습니다."

"이봐, 나는 예전에 마교에서 쫓겨난 몸이다. 나도 이제 마교라면 지긋지긋해."

"마교로 모시겠다는 뜻이 아닙니다. 아드님이 있는 곳으로 모시겠다는 뜻입니다."

성성이노인의 귀가 쫑긋 세워졌다.

"뭐? 아들?"

"예, 어르신의 아드님이자 저의 제자인 녀석이 있는 곳으로요."

"끌끌, 그런 거라면 얼마든지 대환영이지. 그런데 그 옆에 있는 여자는 누구야?"

여인은 무섭게 생긴 성성이노인이 자신을 가리키자 화들짝 놀랐다.

대마종이 여인에게 말했다.

"수연아, 인사드려라. 네 시아버지가 되실 분이다."

"예?"

"호오, 혼이 녀석의 색시인가?"

"아직 식은 올리지 못하고 약혼만 하였습니다."

"그래? 껄껄! 그 녀석 누구 아들인지 참 능력도 좋다."

대마종이 다시 여인에게 말했다.

"무엇 하느냐? 인사드리지 않고."

여인은 그제야 고개를 꾸벅 숙였다.

"유, 유수연이 아버님을 뵈어요!"

성성이노인이 껄껄 웃어댔다.

"끌끌!"

"그, 그런데 아, 아버님……."

"왜 그러느냐, 아가야?"

난생처음 본 사람을 시아버지라 부르는 것이 영 어색했다. 하지만 한 번 부르게 되자 별 거부감이 들지 않았다.

"아버님께서는 계속 이곳에 사셨어요?"

"그렇다고 할 수 있지."

"그럼……?"

성성이노인이 활짝 웃었다.

"그래, 내가 바로 대마인, 화가도 염도시고다. 이제 이 지긋지긋한 동굴을 나갈 수 있는 기회가 생긴 불운의 늙은이지. 그나저나 몸도 근질근질한데 백 년 만에 광나게 때나 밀어볼까? 끌끌끌!"

『신도무쌍』完

共同傳人

공동전인

설경구 新무협 판타지 소설

마교를 재건하라.

혈마옥에 갇히며 마교 장로들의 공동전인이 된 사무진에게 주어진 과제.
역사상 가장 착한 마교의 교주.
하지만 역사상 가장 강한 마교의 교주가 되고 싶다.

고정관념을 버려요.

마교도라고 해서 꼭 나쁜 놈일 필요는 없잖아요.

지금까지와는 다른 마교.

이제 사무진이 만들어가는 새로운 마교가 모습을 드러낸다.

 유행이 아닌 자유추구 -
WWW.chungeoram.com

Book Publishing CHUNGEORAM

歡喜
密功

환희밀공

설봉 新무협 판타지 소설

歡喜
密功

환희
밀공

1

설봉 新무협 판타지 소설

무유칠덕(武有七德), 금폭(禁暴), 집병(戢兵), 보대(保大),
정공(定功), 안민(安民), 화중(和衆), 풍재(豊財), 자야(眘也).
〈좌전(左傳), 선공 십이년(宣公 十二年)〉

무에는 일곱 가지 덕이 있다.
첫째, 난폭을 금지한다. 둘째, 무기를 거두어들인다. 셋째, 큰 나라를 보전한다.
넷째, 공적을 정한다. 다섯째, 백성을 편안하게 한다. 여섯째, 대중을 화합하게 한다.
일곱째, 물자를 풍부하게 한다.

섬서성(陝西省) 육반산(六盤山)에 신력(神力)을 바탕으로
패공(覇功)을 구사하는 가문(家門), 육반루가(六盤婁家).
세상에게 외면받고 멸시당하는 환희교(歡喜敎),
육반루가의 후손과 환희교 교주의 운명적인 만남.

"넌 환희교를 지키는 수문장(守門將)이 될 거야.
강하게, 아주 강하게 키워주마."
'아버지처럼 죽지 않을 거야. 아무도 날 죽일 수 없어.
세상에서 최고로 강한 사람이 될 거야.'

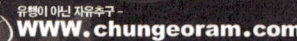

유행이 아닌 자유추구 -
WWW.chungeoram.com

Book Publishing CHUNGEORAM

태룡전

김강현
新무협 판타지 소설

『마신』, 『뇌신』에 이은
작가 김강현의 또 하나의 대작!!
『태룡전』

내가 이곳 미고현에 위치한 천망칠십오대에
온 지도 벌써 두 달이 넘었거든.
그런데 아직도 이해하지 못한 일이 하나 있어.
그게 뭐냐고? 우리 대주 말이야.
우리 대주님이 가장 좋아하는 게 뭔지 아나?
바로 침상에서 좌우로 데굴데굴 굴러다니는 거야.
그다음으로 좋아하는 게 그렇게 뒹굴다 잠드는 거고…….
나려타곤(懶驢打滾)!
더도 덜도 아닌 딱 우리 대주님을 지칭하는 말일세.

천망칠십오대 대주 단유강!!
격동의 무림은 그에게 휴식을 허락하지 않는다.
단유강, 그의 일보가 천하를 떨쳐 울린다!

유행이 아닌 자유추구 -
WWW.chungeoram.com
Book Publishing CHUNGEORAM

오채지 新무협 판타지 소설

천산도객

마도대종사의 죽음.

마침내 끝이 난 이십 년간의 정마대전.
하지만 전 무림이 까맣게 모르는 것이 있었으니…

대종사가 마지막까지 숨겨두었던 마도백가(魔道百家)의 비밀 병기.
패잔병으로 북방을 떠돌던 어느 날 신비로운 사내 비파랑을 만나는데…

"항주의 금룡관(金龍館)에… 이걸 전해주십시오."
"눈치챘겠지만 난 마인이오."
"어쩐지 당신이라면… 약속을 지켜줄 것 같아서……."

한 번의 짧은 만남이 만든 운명 같은 행보.
그의 위대한 강호행이 시작된다.

유행이 아닌 자유추구 -
WWW.chungeoram.com

Book Publishing CHUNGEORAM